花房観音

女の旅

大洋図書

女の旅

目次

旅に出たいと、いつも考えている。知らない風景を眺め、家の布団ではない寝床で横になり、誰も知らない、何者でもない自分の時間を過ごしたいと。

旅に出るときはひとりがいい。ひとりになるために旅に出るのだから。

そうやって旅に出ると、逃げている感覚がある。日常から、人から、自分自身の人生から——逃げることを常に考えている自分は逃亡者のようだと思う。生活や仕事に何か不満があるわけでもないけれど、それでも逃げたい。

けれど結局、逃げ続けることはできなくて、帰る場所ありきの覚悟のない逃亡者だ。

思えば、大学時代からバスガイド、添乗員、旅行会社と、常に旅の仕事に関わってきた。

今だって、旅して、その場所を舞台に小説を書いている。逃亡の旅も、仕事という言い訳がつくと罪悪感も薄れる。

そんな逃亡の旅について、書いていく。

ずっと男が怖かったのだということを、
女性とセックスして思い出した。

なんば

二〇一八年五月

戎橋近くで、私はその女性と待ち合わせしていた。緊張して、ここに来るまで何度も予約したことを後悔した。時間きっちりに、女性は現れた。スリムで聡明そうな美女だ。

「どこか喫茶店でお茶しようかとも思ったんですが、今日、日曜日で人が多いし……あれ乗りません？」

彼女の細い指先が差したのは、道頓堀沿いにあるドン・キホーテの観覧車だった。私は頷いて、連れ立って一緒にドン・キホーテに向かった。

どうしても、彼女の目がまっすぐに見られなかった。

このあと、私は彼女とセックスするのだ。


大阪なんばの戎橋は、グリコの看板や、脚が動く蟹が目印の「かに道楽」などで、大阪といえばこの場所！　とばかりによく映し出される。バスガイド仕事の際に、「大阪フリータイム観光」として旅行のコースに入っているのも、心斎橋、難波、千日前周辺、いわゆる「ミナミ」と呼ばれるこの地域だ。

戎橋は、私が若い頃はナンパの名所で「ひっかけ橋」と言われていた。大学生のとき、友人と夜、この辺りを歩いていて、男のふたり組に声をかけられ一緒に飲んだこともある。もうずいぶんと昔すぎて、男たちの顔なんてすっかり忘れてしまったし、どう別れたのかも覚えていない。

一緒にいた友人は社交的で可愛らしく、田舎者で太ってて不細工でダサくて会話もできない私は男たちの眼中にないことは明らかだった。「お前なんかいらねぇんだよ」とばかりに、他の女と差をつけた態度を示されるのは、よくあることだ。慣れているはずなのに、その度にいちいち傷ついていた。私は、男に好かれない、欲望の対象にされない女で、当時はまだ処女だった。おそらく一生、自分は処女のまま死ぬだろうと思っていた。

男に好かれなくても生きてはいける。ただ私は人一倍、性的なことに興味があり、男とつきあったこともないくせにアダルトビデオを借りてきて毎晩見ているような女だった。痛い女だと自覚していた。

今思えば、女の外見なんて努力と自己演出である程度は何とかなるのだから、見栄えをよくしようと頑張ればいいのに、男に好かれるために「女」の姿をすることすら、抵抗があった。欲しいと言えないから、いらないふりをしていた。傷つかないために、化粧もおしゃれもせず男に興味がない「私」を演じていた。けれど本当はセックスがしたかったし、セックスのことばかり考えていた。またそんな自分が気持ち悪くてたまらず自己嫌悪に陥っていた。醜い女が欲望を持つなんて反吐が出る！　死ね！　と、鏡に映る自分を呪っていた。

男は私を傷つける存在だった。男が怖かった。男に脅えていた。男が欲しくてたまらなかったくせに。肥大した自意識は大学を卒業しても収まらなかった。処女を喪失したのは二十五歳だ。知人の二十二歳上の男が、性に興味が強いのに男を知らない私に興味を持った。あくまで「興味」で恋愛感情ではないのは承知していた。男とは最初の夜にホテルに行ってフェラチオをしたが、挿入はされなかった。「好きな人のためにとっておいたほうがいい」と言われた。キスも「好きな人としかしちゃいけない」と拒まれた。

ところが、数ヶ月ののち、男は「仕事で金に困っている。このままだと関西を離れて実家のある九州に帰らないといけない」と、私に金と引き換えに挿入をしてやると匂わせてきた。私は早く処女を失いたかった。目の前の男とセックスしなければきっと死ぬまで機会はないと思い込んでいた。就職したばかりだが、一応正社員だったので、生まれて初めて消費者金融に足を踏み入れ、三社から合計六十万円を借りて男に渡した。

私は男に金と引き換えに、「挿入していただいた」のだ。それはとても「セックス」などと呼べる営みではなかった。男はそのあとも、たびたび金を要求し、私は金を払ったときだけ挿入を「してもらい」、そのくせしょっちゅう口で射精を求められた。都合のいい、金までくれる便器女だ。私の卑屈さが、男をつけあがらせた。男は金を返す様子もなく、利息で借金が膨れ上がり、消費者金融から会社に電話が来るようになり、私は仕事も辞めざるを得なかった。

借金の返済に困り、普通に働いても返せるわけがなく、私はまともにセックスしたことがないくせに、最後の手段とばかりに高収入求人誌を手にとり、大阪の風俗店に電話した。自分が住む京都だと知り合いに会うかもしれないと、大阪の店を選んだ。

面接の待ち合わせ場所は、ミナミの千日前商店街の中にある喫茶「アメリカン」だ。最近のレトロ喫茶ブームの中で、よく雑誌等にも紹介されている有名店だ。きらびやかな内装のアメリカンで、私は男と向かい合った。風俗店の男の顔も、話した内容も覚えていない。「採用の際は連絡します」と言われて、男は席を立った。連絡はなかった。

そりゃあそうだろう。三十歳を超えて、相変わらず肥大した自意識に苛まれ、化粧もろくにせず髪の毛も整えない、太った不細工な女だ。やはり私は男たちの欲望の対象にはされないと、判断されたのだ。風俗業に従事することを「風俗に堕ちた」などと表現する人がいるけれど、ならば風俗もできない女は、最底辺ではないか。卑屈さにつけこまれ、男に相手にされたことがない、底辺女。

未だに普通の恋愛を繰り返して楽しい青春時代を過ごした女たちと話すと、あの頃の絶望的な気持ちが蘇ることがある。多くの女は当たり前のように自分は男の欲望の対象で、セックスを「やらせてあげる」ものだと思い込んでいる。求められるのが当然で、ときに男たちは彼女たちを手に入れるために金品を提供する。私とは真逆の存在の彼女たちと話をしていると、苦しくなり必死で話をそらそうとする。あれから私だって、それなりに男とつきあったり、セックスしたり、結婚もしているのに。小説家になって多少は安定した生活をして、幸せなはずなのに、過去はいつまでもついてきて、「お前は底辺女だよ」と私が私に囁きかける。

私と彼女はドン・キホーテの観覧車から降りて、ホテル街に向かった。観覧車では私は緊張してずっと喋り続けていた。隣にいる美しい人とこれからふたりきりになり、裸になるのだ。それは自分が望んだことのはずなのに、ひどく脅えてもいた。

私は男にしか興味がなく、男としかセックスをしたことがなかったけれど、「レズ風俗」の存在を知って、「死ぬまでに一度、女の人とセックスしたい」と思い始めた。大阪の「レズっ娘クラブ」のオーナー御坊氏が出版した『すべての女性にはレズ風俗が必要なのかもしれない。』のイベントに呼んでもらったことがきっかけで、意を決して予約した。

当時、四十代後半で、おそらくもうすぐ生理もなくなるだろう。閉経して性欲がなくなった、セックスを全くしたいと思わない、性に興味がなくなるといった話をちらほらと耳にする。そのとき、自分はどうなるだろうとずっと考えていた。もし仮に、自分が長年とらわれ続けて身を滅ぼした原因でもあるセックスの欲望や興味を失ってしまうのなら、今のうちにと、女性とセックスしておきたかった。

私はレズビアンではないので、出会いを探すよりも、風俗が都合よかった。女性用風俗にはずっと興味があったけれども、怪しい店も多いと聞く。出張ホスト等で知らない男とふたりきりでホテルに入るのは、昔なら好奇心でやれたけれど、今はまずリスクを考えてしまって恐怖心がある。女性相手で、しかもオーナーとは面識があるという安心感が何よりも大きいので、レズ風俗「レズっ娘クラブ」を選択した。

ホテルに行き、浴室で身体を洗い合った。ベッドに入ってキスをして肌を重ねた。男性とも経験あるけど、女性のほうが好きだという彼女は、折れそうなほど華奢で、滑らかな肌にふれると心地よかった。繊細な動きの舌と指で責められると、男にされるのとは違う細やかな疼きが伴う快楽があった。

私のほうからも口と舌で彼女の性器にふれた。女のものを舐めるなんて、絶対に不可能だと以前は思っていたのに、実際にしてみるとなんてことなかった。むしろ、彼女が声をあげてくれて、体の奥から悦びが湧き上がった。「女を感じさせると男はこんなに嬉しいのか」と思った。もちろん、今まで男との行為で、男を責めて声を出させたことはあるが、また違う気がした。女とのセックスは挿入がないから、肌と肌とのふれあいと、こうした指や口を使って快楽を与えるのがメインになる。むしろ挿入行為より、こっちのほうがセックスなのではないか。男だっていずれ年を取ったなら勃たなくなってしまうもの。

時間になり、彼女と別れ、私はとりあえず落ち着こうと、喫茶アメリカンに入った。女として底辺だという劣等感に拍車をかけた、あの十数年前の風俗面接のことを考えた。

女とセックスした直後のせいか、男に求められることでしか女でいられないなんて思い込んでいた自分を嘲笑したくなった。そして、ずっと私は男が怖かったのだということを、女性とセックスして、久しぶりに思い出した。

セックスは、承認欲求の道具でも、自分の価値を確かめる行為でも、恋愛感情の結果でもない、ただ快楽の行為だ。その快楽の中には、人と肌を合わせることによりもたらされる、生の悦びも含まれている。

私はアメリカンでコーヒーを飲みながら、自分の足が震えているのに気づいた。さきほどの、彼女の口や舌や指の快楽の名残だった。

生きててよかったと思った。

人生は思い通りにならない。
けれど、それが不幸だとは限らない。

広島

二〇一八年四月　二〇二一年五月

「自分の大切な人が、亡くなったらと考えると……」

そう言って、少年は堪えきれなくなったのか俯いて嗚咽し始めた。

もう十年以上前のことだ。私はバスガイドの仕事で小学生を連れて広島に来て、原爆詩の朗読を聴いていた。原爆詩の朗読は女優の吉永小百合がライフワークにしており、その日はボランティアで元アナウンサーだという女性が詩を読んだ。それまで元気ではしゃいでいた子どもたちが、神妙な面持ちになり、朗読のあとに「どうでした？」と感想を聞かれ、手を挙げて答えたひとりの少年が泣き出したのだ。すすりなく少年に、元アナウンサーの女性が近づき、そっと抱きしめた。彼女の目からも涙がこぼれていた。いつのまにか、その場にいる子どもたち、先生、私も、皆泣いていた。

広島には、修学旅行の仕事で何度も来ている。広島の平和記念公園を訪れる度に、綺麗な場所だと思う。公園を子どもたちと歩き、原爆ドーム、資料館、原爆の子の像、慰霊碑などを見て周る。資料館では、原子力爆弾により壊滅した広島の被害を目の当たりにして、ずっと目を伏せている子や、そのあと一切の飲食ができなかった子などもいる。それぐらい刺激が強いけれども、これが「戦争」なのだ。悲惨で、救いがない、罪のない者たちの命が容赦なく失われてしまう、この世で最も残虐な「戦争」の記録が、広島にはある。

慰霊碑に刻まれた、「安らかに眠って下さい　過ちは繰返しませぬから」という言葉を見る度に、重く胸に響く。

二〇一八年の四月、私は自分の誕生日の前日に、広島に来た。誕生日だからという理由をつけて、今まで足を踏み入れたことのない場所に行こうとしていた。何度も来ている広島で、初めて扉を開けたのは、ストリップ劇場だ。広島の歓楽街・薬研堀《やげんぼり》には、中国地方で唯一残る「広島第一劇場」がある。この劇場は一度閉館して、土地の所有者との折衝で再び営業を始めたものの、時期は「未定」ということで、いつ閉館してもおかしくないという状況だ。

生まれて初めて入ったストリップ劇場は、舞台が広く天井も高く、左右の壁が鏡張りの異世界空間で、初めて来たはずなのに「懐かしい」と身体が震えた。その日から、私は、ストリップにどっぷりとハマり、この劇場にも何度も訪れることになる。

ストリップを見始めたきっかけは、踊り子・若林美保だった。芸歴二十年を迎えるという若林美保は、ストリップ以外にも、舞台、映画、AV等と様々な場所で活躍しており、二〇一七年の末に大阪で伝説のストリッパー・一条さゆりを演じた一人芝居を観に行った。その際に、「次はストリップに行きます」と言って、私の誕生日を理由に、彼女が出演する広島第一劇場に来た。

いつも広島に来るときと同じように、平和記念公園を歩き、資料館や原爆の子の像に手を合わせたあとに、劇場に向かう。天井から吊るされた赤い布につつまれ、ゆらゆらと宙に舞う若林美保のしっかりと筋肉のついた肉体の美しさに、この世にこんな綺麗な空間があるのかと感動した。

そして翌年の六月にも若林美保が出演する広島第一劇場に行った。アナウンスのあと、せり出した盆にスポットライトがあたる。ロック調の音楽に合わせ、セックスをする若林美保がいた。もちろん、そこには彼女しかいない、一人芝居だ。音楽が終わり、カットの掛け声と共に、彼女は立ち上がり盆を後にするが、その背中に覆いかぶさるように流れるのは、「女優になれなかったAV女優のはなし」という歌だ。ミュージシャン桜井明弘の歌を、若林美保がストリップでひとつの芝居として舞う。

女優になりたい、いろんな映画祭にも呼ばれ、あわよくばハリウッドに……と夢を見ながら、裸になりセックスを生業として、やがてエロの世界で消費され、忘れ去られ消えゆく女を彼女は演じた。

最初にこの演目を見たときから、泣けて泣けてしょうがなかった。嗚咽を堪えるのに必死だった。哀しみ、悦び、虚しさ、健気さ、愚かさ、儚さ、残酷さ……女の人生のすべてが、そこにあった。見る度に、胸が苦しくなる。正しさや善悪や常識、非常識、そんな世間の決めた物差しでは測れぬ、人生があった。夢見たような、自分の思い通りに生きられる人なんて、どれぐらいいるのだろうか。ほとんどの人間は、「こんなはずじゃなかった」と思いながらも、必死に生きている。ただ生きるだけでも、大変な世の中だ。傷ついたり、悲しいことのほうが多いから、すぐにくじけてしまいそうになる。けれど人は死なない限りは、生きていかねばならぬ。たとえ醜悪だと人に笑われようが、罵倒されようが、もがいて必死に生きている。

若林美保は、ストリップ劇場のステージで、そんな「人生」を見事に演じた。「女優になれなかったAV女優」は、夢叶わず忘れられてしまう、スポットライトを浴びることができなかった「堕ちた」女のはずなのに、演じる若林美保の顔は、菩薩のごとく慈愛を湛えている。

若林美保は東北大学工学部を卒業し仙台で働いたのちに東京に出てきて、SMモデル、ストリッパー、AV女優などを経て「マルチパフォーマー」として確固たる地位を築いた。主演映画『プレイルーム』は全国各地で公開された。彼女の仕事ぶりやインタビューを読むと、NGがないことに驚く。横浜の黄金町で働き、そこで売り上げた大金を失ってしまったことや、過激なAV出演も隠さず、アンダーグラウンドな仕事も続けている。

彼女の肉体を生で見る度に、「人生」という言葉が思い浮かぶ。二十年間、裸やセックスの世界で生きてきて、様々な経験を経た女の強さが、彼女の身体から漂っている。

若林美保自身は「女優になれなかったAV女優」ではない。彼女は裸の世界で、消費されることなく生き続けている。彼女は、服を脱いで裸になるだけではなく、自分の人生も何も纏わず曝け出している。そこにはもちろん悲壮感も気負ったものもなく、本当にただそのまま「これが私だ」と存在している。

裸の、セックスの世界にいる女たちは、みんな男から搾取される気の毒な被害者だ！　悪い男たちに洗脳されている愚かな女だ！　と決めつける人たちは、彼女の舞台を見て、どう思うだろうか。「女優になれなかったAV女優のはなし」を若林美保が演じているのを見ると、そんな女を可哀想だと決めつける者たちへのアンチテーゼでもあり、彼女自身の肉体で「セックス、裸の世界に生きる女たちは不幸なのか」という問いへの答えを体現しているように思えた。もちろん、それは私の勝手な解釈ではあるし、私がそう思いたいだけなのかもしれない。けれど「女優になれなかったAV女優のはなし」を演じる若林美保が、崇高で、美しく、多くの人たちに幸福を与えていることだけは、間違いない。人生は思い通りにならない。けれど、それが不幸だとは限らないと、彼女の肉体が教えてくれる。だから私は彼女の舞台を見る度に幸福の涙を流す。

以前、ある世界的に活躍する芸術家からのメールの中で、印象に残った言葉がある。「こうして芸術や娯楽を披露できるのは、平和があってからこそです。だから私は平和を願います」と。

それを肌で体感できるのが、この広島という街だ。平和を祈り続けている街、そして生きている悦びを味わえるストリップがある街。私にとっては、平和とストリップは全く矛盾せず、つながっている。

平和を祈り続ける町・広島で舞う踊り子の裸は、すべての女たちに、「生きろ」と、強くエールを送っているようだった。

何もかも曝け出して人生を語る女の裸は、泣いて笑って傷ついて傷つけて――それでも幸福になれるのだと、言葉ではなく肉体で教えてくれる。

生きろ、生きてゆけ、と、身体で叫ぶ裸の女神に会うために、私はまた、広島に行く。

＊

天井に吊るされたミラーボールには、星の飾りがついている。

「エレガントでエキセントリックなステージをお楽しみください」という開場前のアナウンスが始まると、ミラーボールがくるくるまわる。

広い場内の左右の壁は鏡張りで、ステージを映し出す。

中国地方最後のストリップ劇場は、二〇二一年五月二〇日、五十年近い歴史を閉じた。

私は久しぶりに京都から出て新幹線で広島に向かった。新型コロナウイルス感染症により、京都には緊急事態宣言が出ているし、迷いに迷ったけれど、これも私の仕事だからと行くのを決めた。かねてよりわかっていたことではあるが、広島第一劇場が閉館すると今年に入ってから正式に発表され、五月は閉館興行と銘打って、人気の踊り子たちが舞台に立つ。

二〇一八年四月一一日、私が生まれて初めてストリップを見たのが、広島第一劇場だ。

それから今にいたるまで、さまざまな劇場をめぐり、素晴らしい踊り子たちを知った。

女性のストリップファンが、なぜストリップを見るのかという問いに、「女である自分を肯定できる」と答えるのを何度か目にしたが、それはすごくわかる。

近年、フェミニズムやジェンダーの議論が沸き上がることが増えて、「女の生きづらさ」についても語られることが多くなった。女は、常に若さや美しさに価値を見出され、ジャッジされる。男たちは自分のことを棚にあげて、女の容姿や年齢をあげつらうことを、当たり前にする。なぜなのか。それは女は人ではなく「モノ」と扱われてきたからだ。性暴力やDVだって、女を対等な人間だと思っていないから起こることだ。もちろん、すべての男性が女性をそう扱うわけではないし、男性だって性暴力やDVの被害者になっているのは承知の上だが、男尊女卑社会の中で女性が被害者になりやすい。

いいことも、たくさんあるのは、わかってる。女だから得することだって、ある。それでも「女って、しんどいな」と思うことは、今までの人生でたくさんあった。もう私は年を取って好きに生きているので、「女でよかった」と思えるようにはなったけれど、若い頃は女である自分を憎んでもいた。だから、女性たちがストリップで、何もかも曝け出し、自分の世界を表現する自由な姿に「女である自分を肯定される」と感じるのは、わかるのだ。

ストリップは「女のハードボイルドだ」と、最初に広島で舞台を見たときに、思った。ステージにいるときは、ひとりで、戦っている。その強くて美しい姿に力をもらえる。

ステージ鑑賞の休憩中に、「社長からの差し入れです」と、コンビニの肉まんや唐揚げ棒を従業員の人にもらったことが二度あるが、そんな体験をしたのも、広島だけだ。二〇二一年に公開された、広島第一劇場が舞台の映画『彼女は夢で踊る』は、広島第一劇場の社長をモデルにした主人公を加藤雅也が演じた作品で、大ヒットした。

広島駅のコインロッカーに荷物を預け、路面電車に乗る。銀山町の停留所で降りて、時間に余裕があるときは川沿いの「ムッシムパネン」というケーキ屋に立ち寄っていた。踊り子さんのツイートで知った店だが、ケーキが絶品で、また塩チョコレートも美味しいので、差し入れにも使う。

そして歓楽街、かつては遊郭もあった薬研堀に向かう。お好み焼き屋と風俗店が建ち並ぶ一角に、広島第一劇場があった。さすがにその日は閉館間際で、開場前だけど数十人並んでいて、私は最後尾に並ぶ。初めて入ったとき、客は数人だったのに。映画の効果と、閉館が報道されることにより、平日でも最近は満席立ち見なのだが、それならば普段から来ればいいのにと思う気持ちは抑えられない。閉館の報道や、ＳＮＳに「行ったことないけど、残念」「一度行きたかった」というコメントがついているのを見ると、「興味あるなら来ればよかったのに」と、思う。

コロナ禍により、全国の劇場は瀕死の状態だ。「うち、あぶないです。本当に」と、ＳＯＳの声をあげ、クラウドファンディングをやったり、チャリティの劇場グッズを売っているところもある。

広島の閉館に「残念」という声をあげる人たちが、まだ残っている劇場に来て欲しいとは思うけれど、コロナの感染者がまだまだ多い状況で、強くは言えないのがもどかしい。でも、このままでは、また劇場はなくなってしまう。ここのところは、そんな複雑な想いを抱えてはいるのだが、ステージは踊り子さんたちの想いが溢れる、素晴らしいものだった。

その日のトリの水元ゆうなさんは、「広島第一劇場　ありがとう」と書かれた特攻服を身に着け登場するが、そこには様々なお客さんや踊り子さんたちのメッセージが書き込まれ、それだけで目頭が熱くなる。

夕方に劇場を後にして、駅近くの宿に泊まった。夕食はやっぱりお好み焼きだ。

翌日は、メンバーが変わる日、最終興行の初日だった。いつも広島は四人の踊り子さんなのだが、最終興行は六人、そしてラスト三日間は九人だ。ラストには来られないのが残念だったが、それでもこの目に焼き付けておきたかった。十一時開場、十二時開演だが、十時過ぎに行くと、やはり数十人並んでいる。時間になり、場内に入る。ストリップ劇場は、どこも感染対策はかなり慎重で、マスクを少しでも外したら注意も受けるし、声を出す応援も禁止になっている。ステージの下手には、いつもなら次回の踊り子の名前と写真が貼られているのだが、今日は「第一ファンの皆様、前を向いてください。ストリップは止まりません！」とあった。そして上手には、昨日、水元ゆうなさんが身に着けていた寄せ書きの特攻服が掲げてある。

開演時間になると、やはり場内は満席だった。踊り子さんのステージの最中、私の斜め前の、サラリーマンらしきスーツ姿の人が、楽しそうに身体を揺らしているのが見えた。この場所を、心のよりどころにしていた人たちは、これからどうすればいいのだろう——そう考えると、胸が痛む。東京や大阪なら、複数劇場はあるけれど、広島第一劇場がなくなってしまえば、中国地方はゼロになる。四国だって、道後温泉、九州は小倉だけだ。お金も時間も体力も余裕がある人は遠征できるけれど、そんな人ばかりじゃない。踊り子さんも「広島に来たら、毎回来てくれるおじいちゃんがいて、『もう会えなくなる』って言われて、泣いてしまった」とつぶやいている人もいた。

六人の踊り子を見届け、私は劇場を出て歩きなれた薬研堀を眺めながら駅に向かう。広島第一劇場は六月から取り壊しが始まり、跡地はホテルになると決まっていた。だから、本当に、これが最後だ。広島にまた来ることはあるのだろうか。劇場がなくなっても、広島は好きな町だから来ればいいのだが、劇場のない広島の町に来る自分が想像もつかなかった。

ムッシムパネンは残念ながら、この二日間は休みだった。銀山町の停留所から路面電車に乗り、広島駅に戻る。お土産と、「むさし」のむすび弁当を買った。「むさし」は、修学旅行の仕事でも帰りの生徒のごはんに何度か手配したことがある。

もう本当に最後なんだと考えながら、私は新幹線で京都に戻った。


その後、広島には緊急事態宣言が発令された。

劇場の閉館日は、開場前に百二十人が並んだと報道された。

そして『彼女は夢で踊る』にも出演していた、矢沢ようこさんが最後に舞って、夢の世界は終わりを告げた。一日中雨の日だった。涙雨という言葉しか浮かばない。

私は京都の自宅にいて、踊り子さんたちのツイートで、その様子を眺めていた。

昔、私は「女の幸せ」は、結婚して子どもを産むことだと信じていた。それがどうしてもできない自分は女として間違っているとも思っていた。私だけではなく、そういう価値観の人は未だに少なくないであろう。

私は三十九歳のときに結婚して、ほぼ同時期に小説家になったが、私の結婚に対して「女の幸せをつかんだね」と言ってくる人が少なからずいたのには驚いた。私にとっては、多くの人ができる「結婚」という制度よりも、小説家になれたほうがすごいことだったはずなのに、小説家になっておめでとうよりも、結婚して幸せつかんだねおめでとうという声のほうが多かった。

小説家として生き残りたいから子どもは作らないと決めた私に、「作ったほうがいい」「子どもはいいよ、産むべきだ」と言ってきた人たちもいた。子どものいる人生よりも、仕事に集中する人生を選んだことに、その人たちは納得がいかないのだろうか。

女の幸せ、いや、人の幸せはそれぞれで、他人が決めることではない。今は、幾つになっても、多くの男たちの欲望の対象として存在し続ける「女の幸せ」もあると知った。だからこそ、AV女優や、ストリッパーなどの、男に欲望の目を向けられる職業の女たちに焦がれる。年を取っても、そのステージから降りない彼女たちの生きざまこそが、真のフェミニズムであり、ハードボイルドだ。

若い頃のように、男に助けてもらおうなんて夢は見ない。

ひとりで地に足をつけて生きていく。

長く生きているからこそ、笑いながら戦う術も、私たちは知っている。

負った傷を見せぬように、肌を晒すことも。

甘い夢などもう見られないからこそ、私たちは自由と幸福を手に入れられるのだ。

それはストリップ劇場で、私が学んだ「女」のハードボイルドなのだ。


たぶん、ほとんどの人たちには、ストリップ劇場という昭和の遺物がひとつ失われたことなんて、気にかけられもしない。

居場所を失われた人たちのことも。

だからあの場所を知る者は、忘れずに生きるしかないのだ。

夢になってしまった、薬研堀のあの場所を、踊り子たちを。

あんたたちだって、セックスしてんだろ？
セックスして生まれてきたんだろ？

渡鹿野島

二〇一五年五月

海を泳いで逃げた女もいるという。

三重県の英虞《あご》湾に浮かぶ小さな島から。

渡鹿野島《わたかのじま》に行くには、近鉄電車の鵜方駅から車で数十分、そこから船に乗る。その形から近年は「ハートアイランド」と称し、リゾートホテルなどもできて一般の人たちも訪れるようになってはいるが、この島は長く「売春島」と呼ばれていた。

私がその島を知ったのは、バスガイドの事務所で旅行のコース表を打ち直す作業をしているとき、十年ほど前だ。「渡鹿野」というのがまず読めなくてインターネットで検索したら、一番上に「売春島」と出てきた。

そこは古くから売春を生業にしてきた島だと言われている。バブルの頃は百人単位で女の子たちがいて、男を受け入れていた。現代の世の中に、そんな島が未だあるのかと驚いた。検索すると、その島で働いていた女性のブログなども見つけた。娼婦たちの島、船でしか行き来できないなんて、まるで監禁されているようではないか。大阪や東京の歓楽街で、バイト感覚で風俗に従事するのとはわけが違う。もし自ら島へ渡った女がいるならば、何を思って向かったのだろうか。

その島のことは、常に頭にあった。いつか行きたい、書きたいと思い続けてきた。小説家になったけれど、京都が舞台の小説でデビューしたこともあり、依頼は「京都」の話ばかりだった。それでも書き続け、数年ののちに、新潮社から書き下ろしの依頼があり、「花房さんの書きたいこと書いてください。京都でなくても、官能でなくてもいいです」と言われ、売春島のことを書こうと思った。そして二〇一五年五月に、ひとりで島へ渡った。

この島は、勝谷誠彦の著書『色街を呑む！』にも「A島」として最後に登場する。そこでは島で彼が体験した不思議な話が綴られている。

京都からは四時間以上かかるが、近鉄特急の旅は快適だ。途中、伊勢神宮、鳥羽も通過し、鵜方駅からバスに乗り込む。コンビニはないし、飲食店も少ない。桟橋から船で五分ほど乗ると島に着く。島には食料品などを売る小さな店が一軒と、ホテル、旅館、それだけだった。あとは廃業したキャバレー、スナック、旅館が通りにならび、廃墟になっている大きなリゾートホテルがこの島の失われた興隆を象徴している。

私は島を歩いた。海沿いを歩き丘の上の公園へ、そこからまた桟橋とは逆の海沿いの道路を歩くと、墓場があった。この島の住民、そして島に来て亡くなった娼婦たちが眠っているのだろうか。途中、古いアパートが目につく。この島では店ではなく、女たちの住むアパートに客を招き入れたと聞いている。人が住んでいるのかどうかは外観ではわからない。一般の住民もいるはずだが、ほとんど姿を見かけなかった。宿に入り、温泉に浸かり、夕食をいただく。アワビ、伊勢海老と、豪華で美味い。島には二度渡ってその度に宿も替えたけれど、どの宿も、この値段でと驚くほど食事は良かった。温泉に入ったあと、私は外に出ていった。かつては夜になると対岸から船で男たちが訪れ、そこにやり手ババアと呼ばれる仲介の女が来て声をかけたというが、その様子もない。メインストリートである通りは、観光客らしき男たちが数人歩いていた。私は女なので、誰も近寄ってはこないが、彼らはどこかで声をかけられるか、もしくは紹介してくれる店を探しているのだろうか。宿に戻り夜の海を眺めた。心安らぐ、穏やかな海だった。

二度目に行ったのは二〇一六年の伊勢志摩サミットの直前だ。サミットを控え、島の産業は壊滅するだろう、もう一度行かねばと足を運んだ。週刊誌が「各国の首脳が集まる場所に売春を生業にする島があるのはどう思うのか」という問いを行政にすると、「そんな島のことは知らない」という回答があったという記事も読んだ。

そう、この島は、なかったことにされている。娼婦たちが男を待ち、それで栄えてきた島など、この世には存在しない、と。いかがわしいことだからと歴史から消されてしまう。セックス表現や性産業に嫌悪を示し、なくしてしまえと糾弾する人は近代の歴史を眺めていても絶えず、それらの目論見はしばしば成功する。東京オリンピックを控え風俗店は姿を消し、エロ本は消えつつあり、ＡＶも規制され、その結果、地下に潜る。法律の及ばない地下で、いかがわしいものは生き続ける。

なぜなら、それらを必要とする人がいるからだ。人の欲望、性欲なんて当たり前にあるものなのに。どうしてこんなに非難され、穢れたもののように扱われるのだろうとは、性を描くことを生業にしてから、ずっと考え続けてきた。

性を扱った小説を書いているだけで、私自身も嘲笑され、汚物のように見られたりすることがある。人がなかったことにしている恥ずかしい行為を堂々と書いている女なんて、理解しがたい存在なのだろう。その度に、私は大声で問いかけたくなる。あんたたちだって、セックスしてんだろ？　セックスして生まれてきたんだろ？　と。私が描いていることは、人が当たり前に行う行為のはずなのに、どうしてこんなに蔑視されるのか。

私はずっと怒っていたのだ。だから売春島と、島に生きていた娼婦の話を書きたかった。「可哀想ではない娼婦」の話だ。小説や映画で遊郭や風俗店などが扱われる場合、そこに登場するのは、たいてい「無理やり汚らわしい行為をさせられている可哀想な女」で、悲劇的な結末を迎える。同情という見下し方をされたほうが人の心を揺り動かせるから、可哀想でなければいけないのだ。同情することは聖人になったつもりでいられるから陶酔できて気持ちがいい。同情は何よりもの娯楽だ。自分を善人だと信じて疑わない人たちの、金のかからない娯楽。

けれど果たしてすべての娼婦がそうなのだろうか？　好きで、自分の意志でやっている人も、何か理由があり娼婦になったとしても、そこで存在意義を見出す人も、私は知っている。

セックスをお金に替えること、かつて私はそれで自信を得たことがある。劣等感まみれで女として底辺でと自分で自分を殺したいぐらいに貶めていたけれど、セックスでお金を得ることにより価値を見出せた。娼婦になることで、私は死なずにすんだ。

当たり前に男の欲望の対象になっていた女たちからしたら、さぞかし醜い自信なのだろうけれど、それのどこが悪い。そうやって、生きながらえている女もいる。

ずっと怒っていた。娼婦なんて自分とは全く違う世界の存在として高みから見下ろし、憐れみ、蔑み、同情する人たちを。セックスという人間の根源である行為や欲望を、単なる忌々しいものだとして嫌悪感を示し、そこに携わる人間たちを攻撃する連中にも。生きるために娼婦になった女を誰が笑えるのか。娼婦は軽蔑され蔑まれるが、そもそも憎むべきは娼婦になった理由が貧困なら、貧困そのものではないか。それなのに人は娼婦をふしだらだと貶める。男が多くの女と関係を持つと武勇伝になるが、女が恋人や夫以外の男とセックスをすると淫乱だと軽蔑される。性風俗産業には確かに危険が伴うが、その中で安全に働こうとしている者たちもいるのに、身体を売るお前らが悪いから危険な目にあって当然だと心ない言葉を投げかけられる。

娼婦を必要とし、娼婦に救われた男たちもいるはずだ。偽りの名を持つ見知らぬ女と肌を合わせ癒された男たちが。恋人や家族ではない女の肌がどうしても欲しくなるときがある。しがらみのない、一瞬だけの優しさが欲しくて娼婦を求めたくなる夜は存在する。単純に溜まってしまったのなら自分で出せばいい。そうじゃない、人肌が、女が欲しくて、救われたい夜があるから、娼婦は存在し続けてきたのではないか。求められることにより、救われた女もいるはずだ。娼婦になることにより、自分を女だと確かめられた者も。それが私だ。

そもそも女として生まれて利を得たことのない女なんて、この世に存在するのだろうか。女だから媚態を駆使し、金や力のある男に近づき利を得る、その行為は娼婦とどう違うのだろうか。働かずして男から金銭を得て生活している女だって、世の中にはたくさんいるではないか。いや、女だけではない。男娼だって、実は世の中にはたくさんいる。女にセックスを提供して利を得る男も。男だって商品として価値をつけられる。だから可哀想ではない娼婦を描いて、突きつけてやりたかった。

売春島を舞台にした小説は新潮社から『うかれ女島』として発売された。この物語の主人公は娼婦を母に持つ青年と、ずっと娼婦だった四十代のシングルマザーだ。ふたりが島に向かい、物語が動く。

表紙は殺人という罪を犯した画家・カラヴァッジョの「法悦のマグダラのマリア」だ。聖書に登場する娼婦の姿が描かれている。

二度目に島に行った帰りは、鵜方駅で「あおさ」という海藻を購入した。味噌汁にいれると美味い。近鉄電車に乗り、いったん鳥羽で下車して、真珠のネックレスを買った。その頃、高齢の祖母の具合が悪く、母から「これから葬式に出る機会が増えるから、真珠持っときなさい」と言われていた。そして一年も経たないうちに、その真珠を祖母の葬式で使った。

伊勢志摩サミットが行われ、やはり何人か島にいた外国人の女たちも離れ、もう本当にさびれてしまったと聞く。島の成り立ち、歴史に関しては二〇一七年に刊行されたノンフィクション『売春島「最後の桃源郷」渡鹿野島ルポ』（著・高木瑞穂／彩図社）に詳しい。

ひとりで島に渡ったと言うと、勝谷誠彦には、「よく女ひとりで行くよな」と呆れられたが、かつて彼が向かった頃のような危うさは全く感じられなかった。

娼婦は気の毒で憐れな存在なのだろうか。けれど少なくとも恋愛という幻想に振り回されたり、結婚という制度に組み込まれたセックスを絶対だと妄信している人間よりは、自由だ。

『うかれ女島』を書いて、娼婦を書くことは「女」を書くことだと思った。

私が書きたいのは、「女」なのだとも。

もう遠くない未来、この島から「売春」は完全に消える。いや、もう既にないのかもしれない。だから小説に残したかった。残せてよかった。

歴史に残らない、女たちの島を。

セックス、性欲は私にとっては
自分の人生を破壊した罪悪だった。

加太

二〇一四年七月

波の穏やかな海だった。

瀬戸内海へと続く海のあるその地は、古くは万葉集にも登場し歌に詠まれているほどに風光明媚な場所だ。

南海電鉄の和歌山市駅から加太線に乗り、加太駅に降り立つと、外は暗くて様子が見えない。宿からの迎えの車に乗り込み、海の傍の温泉旅館に向かった。平日のせいか、旅館のロビーには人は少ない。部屋に入り、夕食のないプランだったので、さきほど和歌山市内で購入した、めはり寿司を食べる。めはり寿司は熊野の郷土料理で、高菜の葉で米をくるんだものだ。外には開いている店もなく真っ暗なので、その日は温泉に入って早めに眠った。

翌朝、早起きをして再び温泉に入る。昨夜は何も見えなかったが、この旅館のガラス窓からは、海が一望できる。浴室には誰もおらず、静かな朝の海を眺めながら湯船に浸かり、疲れた身体が芯まで温まり癒されるのを感じていた。

ガラっと音がして、浴室の扉が開く。

男?

股間をタオルで隠した人が入ってきたが……どう見ても、男だ。私は視力が弱いので、顔ははっきり見えないけど、身体は男だ。ちなみにここは混浴ではない。

男と目が合った。向こうも驚いた様子で、慌てて浴室から出ていく。何が起こったんだ？？　もしかして私が間違えてしまったのか？？　と、動揺しながら脱衣所に行くと、男の姿はなく、そしてかかっている暖簾は確かに「女湯」だ。ここの旅館は、風呂が夜と朝とで男女入れ替えになるから、きっと夜に行った場所に、そのまま入ってきてしまったんだろう。

爽やかな朝の温泉にひたっていたのに、まるで漫画みたいな出来事に遭遇してしまった。向こうも、おばはんが湯船に浸かっていて、さぞかし驚いたことだろう。しかし、はっきり見えなかったとはいえ、なんで朝から知らん男の全裸に遭遇するのだ……。

風呂から上がり、宿をチェックアウトして、歩いて目的の地に向かう。今回の和歌山行きは、神社にお参りするためだった。

神社に向かう前に、海のそばに佇み、風を受けた。目の前に広がる海と潮風にひたろうとしたが……どうしてもさきほど見た男の全裸が離れない。

加太の淡嶋神社は、神功皇后《じんぐうこうごう》、少彦名命《すくなひこなのみこと》、大己貴命《おほなむじのみこと》を祭神とする、歴史ある神社だ。神功皇后の孫である仁徳天皇により作られたといわれている。淡嶋神社は、人形供養で知られ、境内には二万体ともいわれる人形がところ狭しと並んでいる。フランス人形、市松人形、雛人形をはじめ、圧巻の光景だ。

ネットの写真等で知ってはいたが、実際に目の当たりにすると、凄まじかった。人の形をしているので、どうしても魂が籠められていると思えてしまう。その人形を可愛がっていた人たちの想いもそこに留まっている気がして、少し寒気がした。本殿で手を合わせたあと、その裏にある末社に向かった。実のところ、今回一番見たかったものは、人形ではなく、この末社に祀られているものだった。末社に手を合わせてから、私はその奥をのぞき込む。木の柱の隙間は広めに空いていて、薄暗いけれど中の様子はよくわかる。

大きなものから、小さなものまで……そこにはペニスがあった。ペニス、ちんちん、ちんぽ、男根ともいう。もちろん、本物ではないが、不揃いの、様々な男性器が並んでいる。それだけではなく、無数のビニール袋がペニスにからみついている。

このビニール袋に入っているのは、女性の下着、つまりパンツだ。末社に掲げられた絵馬にも、ビニール袋が結び付けられているのもある。男根と女性のパンツ……。知らない人が見たら、驚くだろう。淡嶋神社は、淡嶋神が婦人病にかかって淡嶋に流されたという伝説と、祭神のひとりである少彦名命が医の神であることから、子授け、安産、婦人病平癒祈願の神社となり、下半身の悩みを抱える女性たちが訪れている。

しかも、ここでは、女性はその場で穿いている下着を脱いで奉納するために売店に行くと、ちゃんと新しい女性用の下着が売っていた。さすがに使用した直後の下着をそのまま投げ入れるのは……と、こうして持参した袋に入れて奉納してあるのだろう。淡嶋神社の境内に、夜は入れないようになっているのは、勝手に人形を置こうとする人がいるからだと聞いたことがあるが、この使用済みパンツを狙う変態対策もあるのではないか。

私はもう一度、手を合わせた。子どもはいらないし、今現在は婦人病にもかかってないけれど、下半身の悩みにはセックスのことも含まれるんじゃないかと考えて、「いい小説を書かせてください」と唱えた。セックスを描くのは、私の生業だし、今のところはセックスについて考えるのも書くのもやめられない。閉経だって遠くないはずなのに、セックスからは卒業できない。

セックス、性欲は私にとっては自分の人生を破壊した罪悪だった。けれど、幾つかのアダルトビデオと出会い、四十歳前に生まれて初めて書いた官能小説で小説家デビューを果たし、それからも葛藤はあったけれど、セックスを描くことを生業にしているし、未だに興味は尽きない。

セックスに振り回された人生ではあるけれど、それで私は生きられてもいるのは確かだ。

もしも閉経して、性欲や、セックスへの興味を失ったら、私はどうなってしまうのだろうか、書けなくなるんじゃないかと、ここ最近はずっと考えている。セックスや性欲のことを考えるのは、ときには苦しくもなるけれど、その苦しみがなくなった自分の人生は、味気がない。私自身が「無」になってしまうような気もしていた。

淡嶋神社の境内を歩きながら、今朝のことを思い出していた。女性の下半身に関する神社に訪れるために加太に来て、いきなり朝から全裸の男に遭遇するなんて……これは偶然なのか。神様が、「お前は一生、エロから離れられないよ」と言っているのではないか……そんな気もした。死ぬまで、性の道を生きろ、と。


もうひとつ、行くべきところがあった。淡嶋神社の参道にある店だ。

「満幸商店」と、看板があり、私は迷わず中に入った。まんこう商店、と読む。まんこう……まんこ……う……口に出すのは少し勇気がいる。

「いらっしゃい！」と、元気な声で、おばちゃんたちが迎えてくれた。淡嶋神社の参道にあるこの店は、地元の美味しい海産物が安く食べられるので知られている。私はしらす丼の小サイズと、うにトースト、生牡蠣を注文した。早い時間のせいか、客は少ない。昼食時などは行列もできるらしい。メニューが書いてあるボードを眺め注文する。

運ばれてきた「しらす丼」には、山盛りの生しらすがどんぶりに入りきらないぐらい乗っている。「小」サイズでも十分だった。しらす丼には、タレでといた梅肉をかける。絶品だった。梅の酸味と生しらすの塩味が、たまらない。生牡蠣はひとつひとつ違う味付けになっており、うにトーストももちろん美味い。会計をして、タクシーを呼ぼうとしたら、店のおばちゃんが、「お姉ちゃん、駅に行くんか？　今、お客さん少ないから、乗せてってあげるで」と、声をかけてくれて、「ありがとうございます！」と、御礼をいう。

安いし美味いし親切だし、なんてすばらしい店なんだ……まんこう……最高だよ、まんこ、う……、「満幸商店」のおばちゃんの運転する車で加太駅に向かい、そこから電車で京都に戻った。

パンツ、ペニス、そしてまんこう……おまけに温泉で全裸の男と遭遇するというエロフルコースな旅だった。

ただひとつ、その場でパンツを脱いで奉納する勇気がなかったことだけが悔やまれる。

彼女は誰のものにもならないまま、
あるとき、永遠に皆の前から消えてしまう。

岐阜

二〇二二年四月

世の中には、自分の誕生日に人を集め、お祝いしてもらいたい人がたくさんいるらしいが、その気持ちが全くわからない。誕生日に限らず、自分のお祝い事というのがひどく苦手だ。人がやる分にはいいけれど、家族や友人でもない人にまで「おめでとう」と言われるのなんて、考えただけでもゾっとする。めでたくない、とは言わない。けれど、自分自身が主役になるのは、居心地が悪い。

毎年四月、近年の誕生日は、旅に出るようにしている。自分ひとりで好きなところにいって、好きなものを食べて、ひっそり過ごすほうがホッとする。

近年は、誕生日付近はストリップ劇場で過ごすことが増えた。そしてなぜか、岐阜に行くことが多い。

岐阜には、「まさご座」という東海地方で唯一残るストリップ劇場もある。岐阜は京都の大学に入って最初の夏休みに、青春18きっぷを使って、「初めての日帰り旅行」をした場所でもあった。行先は岐阜城、もちろんひとりだ。「花の女子大生」と呼ばれたバブルの残骸が漂う時代、恋やサークル活動に忙しい同級生たちで、鈍行列車での歴史めぐりの旅につきあってくれそうな人もいなかった。

なぜ岐阜城なのか。それは、織田信長の居城だったからだ。いや、斎藤道三もいる。三十年前、まだ「歴女」という言葉もなかった頃、日本史好きの私は、司馬遼太郎『国盗り物語』を読んで、「そうだ、岐阜に行こう」と決めたのだ。

岐阜駅からバスに乗り、岐阜公園に向かう。この公園には板垣退助の像があるが、ここで板垣退助が演説をしたときに暴漢に刺され「板垣死すとも自由は死せず」と言ったと伝えられているが、本当は「痛いから早く医者を呼んでくれ」と口にしたらしい。

ロープウェイに乗り、金華山の中腹で降りてから、しばらくゆるやかな山道を歩く。辿り着いた岐阜城はもちろん復元された天守閣だったが、そこから濃尾平野を眺め、ここから信長様が天下統一を……私もいつか……と、十九歳の私は大志を抱いた。

そしてそれから三十年が過ぎ、あのときと同じく岐阜城に向かうためにロープウェイの駅で降りる。「あれ、こんなに遠かったかな」と、加齢にくわえ運動不足の身に、山道は少しだけつらかった。岐阜城に入ると、私以外は若いカップルだけだった。中に入って、やはり「こんなに小さかったっけ」と思う。三十年の間に、だいぶ記憶が薄れている。階段で一番上の階まで上り、眼下に広がる濃尾平野を眺めた。

もう昔のように「織田信長様♡素敵」というピュアな憧れはない。中学校の卒業文集の「好きな異性」の欄に、「織田信長」と書いていた私は、男を知り、現実を生き、夢なんか見られなくなってしまった。十九歳のとき、岐阜に来た私は、処女で男とつきあったこともなく、ワイルドな織田信長が憧れの男性だった。ワイルドすぎて残虐だというのに気がつくのは、もう少しあとだ。

岐阜城のある金華山を下りて、荷物を宿に預けに行く。駅からまさご座に行くまで、美川憲一「柳ヶ瀬ブルース」で知られる柳ヶ瀬の商店街を歩くが、見事なまでのシャッター通りだ。地方都市は、どこもそうだ。県庁所在地だとて、例外ではない。日本で活気がある街なんて、ほんの少しだ。情報は主に東京から発信されているから錯覚するが、地方をなんとかしないと、日本は死ぬ。

そんな寂しい街の片隅に、東海地方に唯一残るストリップ劇場があった。まさご座は、入口で靴を預ける。中は全面絨毯で、寝転がったら気持ちがいいだろうなと毎回思う。そしてステージは、客席に囲まれるように一番低い場所にあり、ステージから離れた席ほど、見下ろす形になる、他にはない造りだ。内装はゴージャスで、いかにも昭和の娯楽場といった雰囲気で、とてもいい。

もう日本のストリップ劇場は次々に閉館してしまっているけれど、きっと昔はこんなふうに、ひとつひとつ独特な内装の劇場がたくさんあったんだろうなと考えると、ひどく惜しい。

二〇二二年四月の、誕生日週にも、岐阜のまさご座に来ていた。

この日は、まさご座は開館興行だったというのがあるが、平日なのにオープン前から行列ができていて、入っても混雑していて座る場所を探すのに苦労した。すごい人で、背もたれのない場所に身体を縮めて体育座りするしかなくて、窮屈だった。

今日は、私がストリップにハマるきっかけとなったひとりである踊り子さんが出演することもあり、混むのは承知で訪れたのだ。彼女の名前は、山口桃華さん。

二〇一八年四月、若林美保さんの誘いで、生まれて初めて広島第一劇場に訪れたときに、何の予備知識もなく、ステージに現れた桃華さんを見て、度肝を抜かれた。彼女の十八番でもある「変面」という演目だった。

「ストリップ」のイメージを覆された。グレードの高いステージとエンターテインメント性、展開の上手さに心を奪われた。最初に彼女のステージを見ていなかったら、私はその後、ここまでストリップにハマっていたかどうか疑問だ。

彼女の舞台を見るたびに、「プロフェッショナルのエンターテイナー」ぶりに圧倒される。お客さんを悦ばせるためにいつも全力だ。見えないところで、どれだけ努力しているのだろうと考えると、ひれ伏したくなる。

この日も、彼女はまさご座の舞台で「変面」を披露した。音楽が鳴り、照明があたった瞬間、場内の空気が変わった。コロナ禍で声を出しての応援ができないはずなのに、皆が沸き立ったのが伝わってくる。拍手もすごい。ストリップの舞台の「盛り上がり」は何度も見ているけれど、この日は特に凄まじかった。おそらく客たちのほとんどは、「変面」は繰り返し見ていて、次に何が行われるかも知っているはずだ。けれど、それでも飽きさせないし、また見たくなる。空気を変え、観客全員を高揚させる山口桃華というプロの踊り子に、圧倒された。

彼女のことが、ずっと忘れられなかった。今になってわかる。あれは「一目惚れ」というものだった。それまで私は男性にも女性にも、一目惚れなんて経験がない。話をして、親しくなって好きになって、気がつけば愛しているということはあるけれど、顔を見た瞬間に、一気に気持ちを持っていかれることなんて初めてのことだった。

この感情は、「恋」なのかもしれない。今まで恋愛じみた経験は何度かあるけれど、決してふれられることのできない彼女に、一方的に熱をあげ、彼女のことで頭がいっぱいになり、考えただけで泣きそうになる……やはりそんな感情には「恋」という言葉しか見つからない。

自分がそんなふうになったのは驚いた。もう孫がいてもおかしくない年齢で、それなりに男とあれやこれやの修羅場をくぐりぬけた私が、「恋」をするなんて。しかも相手は、女性だ。

ストリップはステージのあとに、写真撮影タイムがあり、そこでお金を払って撮影するついでに踊り子さんと話ができる。けれど、桃華さんだけは、ステージを見に行きはしても、撮影タイムに参加できるまで時間がかかってしまった。あまりにも存在が尊すぎて、喋るどころか近寄るなんて、とんでもなかったのだ。

今は、なんとなく話をできるようになったけれど、まだ緊張して、彼女の目を見られない。

彼女は、私にとって、特別な人で、だからこそいつかくる「踊り子の引退」のことを考えてときどき胸が苦しい。彼女はSNSもやっていないし、私生活も一切見せない人なので、おそらく引退したら、二度と会うことはできないだろう。永遠にさよならだ。

ストリップがこんなに胸を打つのは、残らないからだ。映像に残せない、一期一会、その場でしか味わえない瞬間。

それはなんて儚く哀しい、でもだからこそ美しい。

私は人生の後半に知った、永遠に叶わないからこそ輝きのまぶしさに囚われてしまった「恋」という感情を持て余しながら、彼女を見つめている。

私だけじゃない、彼女は多くの人を恋に落ちさせ、虜にしている。その日のまさご座の、桃華さんのステージは、異常という言葉を使いたくなるほどの盛り上がりだった。

みんなが彼女に恋していた。そして誰もが知っているのだ、彼女は誰のものにもならないまま、あるとき、永遠に皆の前から消えてしまうことを。

ステージを終え、場内が暗くなり、彼女の姿が見えなくなっても、いつまでも拍手はなりやまなかった。

岐阜のストリップ劇場、寂れた商店街の一角に存在するのは、多くの人の叶わぬ恋の刹那に燃え盛った焔だった。

当たり前に「若い女」を
享受している人たちとは、
違う世界に生きているから。

十三

二〇〇一年頃

初めてこの街に足を踏み入れたのは、もう二十年近く前だ。

大阪市淀川区、阪急電車の十三駅は、神戸線、京都線に乗り換えできる駅で、ホームはいつも混み合っている。大阪の北、十三とかいて、「じゅうそう」と読む駅の西口を降りるとアーケードがあり、目の前には扇状の交差点が広がる。駅を降りて左右の細い路地には飲み屋が並び、そこは「波平通り」と呼ばれ、サザエさんの波平と鉄腕アトムを組み合わせたキャラの形の街灯があったが、権利関係の問題で、いつしか絵が消され、「鉄わん波平」の形だけが残る。

駅前には「見返りトミーくん」という、道路に背を向けて小便をする子どもの像が佇んでいる。この辺りが「しょんべん横丁」と呼ばれているのは、戦後の闇市の名残で、トイレのない店が多く、立小便する客が絶えなかったことから、その名がついたという。この「しょんべん横丁」も、二〇一四年の火災でほとんど焼けてしまった。西口駅前の交差点を渡ると、アーケードの商店街が賑やかな様子を見せるが、風俗店やラブホテルも目に留まり、一目でわかる歓楽街だ。

あれは私がまだ、三十歳になって間もない頃か。京都から阪急電車に乗り、生まれて初めて十三駅に降り立った。駅から電話をしてしばらく待つと、細身の若い男性が声をかけてきた。見るからに水商売の匂いがする男性だったが、柔らかな物腰で怖くはなかった。男性に連れられてしばらく歩き、立派なマンションの中に入る。

「ママがお待ちです」と言われ部屋に入ると、男性はどこかに立ち去って、「ママ」とふたりきりになった。化粧気はなく、シミも皺も隠さないその人は、スウェットのような部屋着を着て、どこからどう見ても、普通のおばさんだ。目の前の人が、セクシーなボンデージファッションに身を包む「女王様」だとは、どうしても想像ができなかった。

そこは、ＳＭクラブだった。

二十五歳の遅い初体験の相手に金を要求され続け、消費者金融の借金が膨らみ、どうしようもなくなっていた。昼間の仕事のあとに、ツーショットダイヤルのサクラなどをしてしのいでいたが、家賃も滞納し、会社に返済を求める電話もかかってくるようになった。水商売も考えて面接に行ったけれど、若くない上に、容姿が悪く太ってもいた私を採用してくれる店はなかった。最後の手段として浮かんだのが「風俗」だったけれど、男をひとりしか知らない自分にはハードルが高い。だから本番のない風俗をやるしかないと、ＳＭ雑誌の広告を見て、電話をかけ、面接のために十三に来た。

その店は、女王様の店で、Ｍ男性が客だった。

「このマンションの幾つかの部屋がプレイルームになってるの」

とママが言った。風俗店といえば、ギラギラとしたネオンの看板しか知らなかったので、こんなふうに「日常」の中にあるのだと驚いた。

「SMの経験はあるの？」

と、問われた。SMの経験どころか、セックスの経験も数えるほどしかないし、それも一般的なセックスとはほど遠いものだったので、正直に「ないです」と答えるしかなかった。

ツーショットダイヤルで、ときどき「M男性」とつながることがあった。けれど、電話で「いじめてください」と言われても、どうしたらいいのかわからず戸惑っているうちに、切られてしまう。今思うと、よくもそんな自分がSMクラブで女王様をやろうとしたのか、無謀としか言いようがないが、とにかく切羽詰まり「本番のない風俗」を探していたのだ。ネットのない時代で知識も情報もなく、好奇心で購入したSM雑誌だけが頼りだった。

「そうか、ないのね。そもそも、どうしてこういう仕事しようと思ったの？」

と、ママに問われた。私は、それまで誰にも言えず抱え込んできた話をせざるを得なかった。男に要求され、望まれるがままに金を渡し、消費者金融に行かされたけれど、男はいくら言ってもお金を返してはくれない。仕事も辞めるはめになり、生活が立ち行かなくなった——。

それは自分の「恥」でしかなかった。容姿に自信がなく、そのくせ性への興味が強いあまりに、男から離れることができなかった。女として不良品である自分を相手にしてくれるのは、この男しかいないと思っていた。たとえ相手に恋愛感情などなく、金づるでしかなくても離れられなかった。友達にも話せない。二十代の若い女の特権を十分に満喫し、恋人を作り、旅行に行ったり飲みに行ったり、楽しく過ごしている人たちに、醜いが故に男に依存した借金まみれの女の気持ちなどわかるわけないだろう。自分はゴミだ、クソだ、底辺だ、生まれてくるべきではなかった不良品だ——当たり前に「若い女」であることを享受している人たちとは、違う世界に生きているから、わかってもらえるわけがない。

親しい人に、借金のことだけなら話したことはあるが、「やめたほうがいい」としか言われない。どうして私がその男に依存せざるを得なかったのかなんて、理解されない。だって彼女たちは、男たちに愛されているもの。誰にも愛されない醜悪で貧乏な女の行き場のなさなんて、同情はできても共感は無理だ。同情という侮蔑を受けるのがわかっているから、他人に心を開くことなんて、できるはずがなかった。自分がダメな人間だと思い知らされ傷が深くなるだけだ。

けれど、ママは、私の話を黙って聞いてくれ、ひとこと、「優しいのね」とだけ、口にした。

その瞬間、涙がこぼれた。自分のことを「優しい」だなんて、思ったことがなかった。劣等感につけこまれた、馬鹿な女のはずなのに。初めて会ったその人は、私を蔑むこともなく、ただ「優しいのね」とだけ言って、自分を責め続けていた私の中の何かが溢れ、私は泣き続けた。優しくなんかないです、馬鹿なだけです……そう口に出したかったけれど、ただ泣くだけしかできなかった。ママからは、経験が皆無なのと、やはり売れる娘は容姿の良さが必要で、稼ぐのは大変なのだと、やんわりと断られたが、傷つくことはなかった。

「頑張ってね」と、ママに声をかけられながら、私はマンションをあとにして、再び十三駅で阪急電車に乗った。

次に十三駅に訪れたのは、二〇一一年だ。私は前年に第一回団鬼六賞を受賞していた。二十代の頃より敬愛するAV監督・代々木忠を、石岡正人監督が撮ったドキュメンタリー映画『YOYOCHU SEXと代々木忠の世界』の宣伝のため、十三を代々木忠監督が訪れ、取材を受ける場に同行させてもらった。この映画には、少しだけ私も関わっていて、前年の試写会で長年の憧れの人である代々木監督とも初めて顔を合わせていた。

代々木監督に、「十三には初めていらっしゃったんですか」と問うと、「いや、十三ミュージックで逮捕された愛染恭子を迎えに来て以来だ」と、返ってきた。かつてはピンク映画の世界にいた代々木監督は、愛染恭子というスター女優の所属事務所の社長だったのだ。愛染恭子さんは、十三ミュージックにてストリップの舞台に立ち、一九八三年、摘発され逮捕されている。それ以来とのことだった。

十三には同じ時期に「シアターセブン」という映画の上映やイベントができるハコができて、出演する機会もあり、その後も何度か足を運ぶようになった。

波平通りの街灯も変わり、しょんべん横丁も復興はしているけれどかつてのようなうさん臭さは薄れ、十三西口はずいぶんと綺麗にはなった。

ママと会った、あのマンションを探してみようと思ったことはあるが、場所を忘れてしまったし、ネットで検索したところ、あのお店自体も見つからなかった。もしかしたら名前を変えて営業しているのかもしれないけれど、何しろずいぶん昔のことなので、わからない。

私は決して「優しい」人間などではない、今でも自分は愚かで醜い女だと思っているが、十三に足を踏み入れると、ときどきママの言葉が頭に浮かぶ。そして、あの頃よりは、少しはマシに生きられているのだと思う自分がいる。

社会からこぼれ落ちた、
まっすぐ生きられない人間
——それは、私自身だった。

彦根

二〇一〇年八月

「一期は夢よ　ただ狂へ」

団鬼六が、座右の銘として記していた一文は、室町時代の歌謡集・閑吟集の一説である。

何せうぞ　くすんで　一期は夢よ　ただ狂へ

人の世は、一瞬の夢だ。まじめくさっていないで、おもしろおかしく遊び狂え——己を快楽主義者と称する団鬼六にふさわしい歌だ。


団鬼六、本名は黒岩幸彦。昭和六年生まれ、鬼のように書いてやるというのが「鬼六」というペンネームの由来だ。「団」は、当時人気のあった女優・団令子からとったという。

団鬼六の父は松竹の脚本家、母は女優だったが、もともと文学少女で、「直木賞」で知られる直木三十五の弟子であり、国木田独歩の長男と結婚し、一子をもうける。その後、離婚し、美貌ゆえに乞われて女優となり、脚本家であった団鬼六の父と知り合い、駆け落ちして滋賀県彦根市に移り、金城館という映画館を経営する。そこで、黒岩幸彦こと、のちの団鬼六が生まれた。

父親は山師であり、様々な商売に手を出し失敗し、映画館の経営が立ちゆかなくなり、大阪北部に移った。愛人も作る破天荒な父であった。黒岩幸彦は、関西大学大学院に入学し、軽音楽部に入る。同じ軽音楽部にいたのが、俳優の高島忠夫だ。関西学院大学の同級生には、他にも、浪花のモーツァルトことキダ・タローや、突飛な政見放送で有名になった「おかまの東郷健」などがいた。

大学を卒業した幸彦は、父と同じく小豆相場で失敗し借金を作ったあとに上京し、映画雑誌の編集部などで仕事をしながら、純文学の新人賞であった文藝春秋主宰の「オール新人杯」に『浪花に死す』が最終候補に残る。このときのペンネームは黒岩松次郎であった。学生相場師を描いた『大穴』がヒットし、映画化もされ、その金でバーの経営者となるが失敗し、再び借金を作り、世話になった編集者たちにも絶縁される。東京を去り、三浦市三崎の中学の英語教師となって、同僚の教師と結婚した。

海の近くの中学で教壇に立ちながら、悶々とした気持ちを抑えきれず、授業中に生徒を自習させて書いたSM小説『花と蛇』を「奇譚クラブ」に送り掲載されると評判を呼ぶ。やがて教師を辞め上京し、ピンク映画や日活ロマンポルノと関わり、そして官能小説の第一人者となった。

晩年は、官能小説を離れ、『真剣師小池重明』『外道の群れ』『最後の浅右衛門』などの傑作を発表し、山田詠美はじめ、文壇に大絶賛された『不貞の季節』などの小説を世に出した。

私は、二十代のときに、古本屋で購入した『新・夕顔夫人』を読んで、心を撃ち抜かれた。こんなにも淫靡で美しくとんでもない世界があるのか——とのめり込んだ。

その頃、「幻冬舎アウトロー文庫」が創刊され、傑作『花と蛇』をはじめ、次々と団鬼六作品が刊行され、手に入りやすくなった。もともと幻冬舎アウトロー文庫は、社長の見城徹が、団鬼六の『花と蛇』を出すために作ったレーベルだ。本来なら角川文庫で『花と蛇』の全文庫を刊行する約束をしていたのに、それが叶わなかったからと、独立して幻冬舎を立ち上げ、団鬼六作品を復刻していった。団鬼六の作家としての才能を誰よりも認め敬愛していた見城徹は、団鬼六の告別式でも弔辞を読んだ。

美しく高貴な女性が、悪の手に落ちて自由を奪われ弄ばれる。けれど、団鬼六作品は、逆転劇で、最後には性の悦びを知った女性が、男たちを虜にし、支配する女性賛美の文学だ。

私は団鬼六の小説を読みふけった。小説だけではなく『アナコンダ』などのエッセイ集も素晴らしかった。

二〇一〇年の夏、私は彦根に来ていた。

滋賀県彦根市は、国宝の彦根城で知られている。もともと今の彦根市は坂田郡といい、関ヶ原の戦いまでは石田三成の領地だった。彦根には、三成の城「佐和山城」の跡も残っている。関ヶ原の戦いで東軍が勝利したのち、徳川家康が三成の領地を、徳川四天王のひとり井伊直政に授け、彦根城がその子孫たちにより作られた。彦根城には、仕事で何度も来ていて、馴染みのある場所だ。けれど、今日は、私は重い気分で汗を流しながら、彦根城の天守閣の階段を上っていた。

　バスガイドをやりながら、小説家を目指し、幾つかの新人賞に応募していた。そんなある夏の夜に、「団鬼六賞の最終候補に残りました」と電話があった。官能小説なんて書いたことはなかったけれど、大好きな作家、団鬼六の名がつき、団鬼六自身が選考委員を務めるからと応募したら、ひっかかったのだ。動揺していた。最終候補に残ったはいいが、落選したらどうしようと考えると、暗い気持ちにしかならなくて、精神科に精神安定剤をもらいに行くほどだった。候補になったのを打ち明けていた数人の友人にも、「死にたいぐらい苦しい」などと愚痴っていて、心が不安定だった。受賞が決定するまでは一ヶ月の間があり、じっとしていると苦しくなるだけだと、私は新快速電車に乗って彦根に向かった。

　団鬼六が生まれた、「聖地」へ。

　彦根駅から商店街のアーケードを抜けて、彦根城のいつも観光バスを置いている駐車場の前へ。夏のせいか、バスも停まっておらず、観光客も少ない。土産物屋からは、「ひこにゃん、ひこにゃん、ひこにゃんにゃん♪」と、彦根のスター・ひこにゃん音頭が流れている。

　ひこにゃんは、二〇〇七年に彦根城築城四百周年記念のキャラクターとして生まれたが、人気が出て、未だに彦根はひこにゃんグッズだらけだ。ひこにゃんは、彦根井伊家二代目の井伊直孝が、江戸の豪徳寺付近で豪雨に遭遇して樹の下で雨宿りしていたところ、目の前に白猫が現れ手招きしたので近寄ると、さきほどまで直孝がいた樹に雷が落ち、難を逃れた伝説により生まれた。そしてひこにゃんが赤い兜なのは、「井伊の赤備え」に由来する。

徳川家康を苦しめた武田信玄亡き後、武田の旧臣たちとその兵法を、徳川四天王のひとりである井伊直政が召し抱え、その際に赤い侍装束、「赤備え」も引き継ぎ、関ヶ原の戦いでは、この「井伊の赤備え」が、西軍を追い込んだ。しかし、「ひこにゃん」グッズが人気なのはわかるけど、「いしだみつにゃん」（石田三成）、「しまさこにゃん」（石田三成の忠臣であった島左近）と、みんな猫にしてしまうのはどうなのか。

それはともかく、私は汗を流しながら、彦根城の階段を上った。彦根城の天守閣の中の階段も急で、バスガイド仕事のときは、「パンツ見えそう……」と気になってもいた。仕事のときに階段を上るのはパンプスでも平気なのに、プライベートだとしんどくて息が荒くなる。それでも彦根城を上り切り、天守閣から、外を眺めた。琵琶湖が一望できる、爽快な景色だ。「天下取り」という言葉が浮かんだ。

彦根城は桜の名所でもある。城のお堀に桜が咲き誇る、「春爛漫」という形容が相応しい光景だ。井伊家の当主たちは、関ヶ原の戦いののち、三百年間、この城に上り、日本一の湖・琵琶湖と華やかな桜を見下ろしていた。

私は城を下り、門を出てお堀を沿うように右手に進む。「夢京橋キャッスルロード」という、近年できた江戸時代の街並みを再現した土産物屋や飲食店などが建ち並ぶ通りがある。いかにも観光客向けという雰囲気ではあったが、ここも今は夏で人の気配は少ない。その夢京橋キャッスルロードの端から細い路地を入る。確か、この辺だったはずだ……。

しばらく歩いて、辿り着いた。目の前は、駐車場で車が並んでいる。ここに、「金城館」があったのだ。団鬼六が生まれ育った映画館だ。

私は駐車場に向かって、少しだけ手を合わせた。それだけで、思いつめていた気持ちがすうっと楽になった。

団鬼六賞を、受賞させてください。

団鬼六は、本来ならば彦根に記念館があってもいいぐらいの「大文豪」だ。実際に亡くなった際は、「最後の文豪」と報じた媒体もあった。

純文学でデビューしたが、父親譲りの放蕩癖で作家の道から一度外れ、教師になり結婚して子どもにも恵まれ穏やかに過ごすはずが、身体の奥から湧き上がる衝動を堪えきれず、『花と蛇』という、戦後の鬱屈した日本人たちのエネルギーが爆発したすさまじく淫靡な小説を書き、多くの人に読まれ、ロマンポルノとして映像化され人気を博し、団鬼六は世に出た。勝負師が好きで面倒見のいい団鬼六は、休刊しかけた将棋雑誌のオーナーになり断筆宣言をするが、雑誌の経営が上手くいかず借金を作り家を売るはめになる。その後、「どうしても」と乞われて筆を執ったのが、破滅型の男の哀しい宿命を描いた傑作『真剣師小池重明』だ。将棋の天才と呼ばれていたのに、女に弱く情に脆い実在の男の姿に、人々は震えた。

そうして「小説家・団鬼六」は、ポルノの枠を超えて、次々に小説を生み出していく。

「団先生はね、もしも『花と蛇』があんなに売れなければ、もっと早くから文学の道に戻って、それこそ直木賞でも受賞してたんじゃないかと思いますよ」

あるイベントで会った、生前の団鬼六と親しかった人物が、そう口にした。

団鬼六というと、「あの日活ロマンポルノの人」と言われることが多い。団鬼六という人の神髄は、小説なのに。「SMポルノの人」のイメージが強すぎる。

社会からこぼれ落ちた、まっすぐ生きられないアウトローたちを、団鬼六は優しい目線で掬いあげて描いた。社会からこぼれ落ちた、まっすぐ生きられない人間――それは、私自身だった。男に貢いでサラ金で仕事を失い、若くもなく美しくもなく、行き場のない、人間。だから、団鬼六作品を夢中で読んでいた。

「団鬼六賞」を書店で手にとった雑誌で見かけたとき、官能小説を書いたこともなかったけれど、「団鬼六」だから応募しようと思った。彦根に行った翌月、「おめでとうございます」という電話がかかってきて、私は第一回団鬼六賞大賞を受賞した。

東日本大震災の直後に、東京で開催された受賞パーティで団鬼六自身と対面したが、病を患った団先生は杖をつき、言葉を発するのもままならなかった。あとで知ったことだが、病院から抜け出してきてくれたらしい。

翌月、四月末に、隅田川に船を浮かべて団鬼六の花見の会があった。身体を管で繋がれ、動くにも数人の男たちの手を借りなければいけない団先生を見て、誰もが別れを予感した。この花見は、団鬼六が皆に別れを告げる宴だった。

願はくは　花のしたにて春死なん　そのきさらぎの望月のころ

西行の有名な歌を、団鬼六が口にした。

花見のあと、全員で写真を撮り、「帰ります。ありがとうございました」と私が挨拶すると、団鬼六は、

「がんばって」とだけ口にした。

西行の歌の通り、二週間後、遅咲きの八重桜が満開の五月に、団鬼六は亡くなった。

私が小説を書き続ける限りは、「団鬼六」の名を残せる。

そう思って、やってきたし、これからも、そうだ。

未来の見えない仕事に、気持ちが落ち込みそうになる度に、あの彦根城の天守閣から眺めた、琵琶湖の雄大な景色を思い出している。

痛めつけられたい、虐められたい、支配されたい。
好きな男になら、何をされてもいいと思っていた。

六本木

二〇一四年

高層ビルの隙間から、東京タワーが近くに見える。

普段、東京に行っても、ほとんど足を踏み入れる機会がない街だ。

「東京」や、「都会」を象徴し、お金持ちや美しい人が住む場所に思えて、私のような田舎者で、金も美貌もない劣等感の塊のような人間には近寄りがたかった。そんな街——六本木に、こんな場所があるなんて、知らなかった。

数年前のある日、私は六本木の墓地の中にたたずむ日本家屋におそるおそる足を踏み入れた。


私は様々なジャンルの公募文学賞に応募して、たまたま「団鬼六賞」の大賞を受賞して小説家になった。生まれて初めて書いた官能小説が入選したことで、思いがけず「官能作家」と呼ばれるようになって戸惑った。「官能」という肩書以外に、もうひとつ困ったことがあったのは、「団鬼六賞」を受賞したことで、「SM好きな人」だと勘違いして寄ってくる人がいたことだ。

考えてみれば不思議な話だ。「江戸川乱歩賞」受賞者が少年愛だと、「太宰治賞」作家が自殺癖があると、「三島由紀夫賞」作家が同性愛の傾向があるとは誰も思わないだろうに。官能を書いていると「経験ですか」とうんざりするほど聞かれるが、SF作家が宇宙に行ってるわけでもないし、ミステリー作家が人を殺しているわけでもない。性に関するジャンルだけは、なぜか作家本人と重ねられてしまう。

私にとって団鬼六という作家は、『真剣師小池重明』『最後の浅右衛門』『不貞の季節』等の傑作を生みだした、文学の人だ。『花と蛇』をはじめとした団鬼六作品は、官能という枠には収まらず、人の業の悲しさや、性を通して人間を描く。男の愚かさや、女の底知れなさも。団鬼六のSM小説は、単純に男たちが女を責めいじめる物語では終わらない。そのほとんどが男女の逆転劇で、被虐された女は、いつしか男たちを魅了し惑わせ、心も体も支配し、「勝つ」のが痛快だ。「官能」「ポルノ」というジャンルで描かれる男の欲望のファンタジーは、ときに女性を意思のない、自分たちに都合のいい存在として描くが、団鬼六は全く逆だ。

ただ、やはり「ポルノ」「SM」のイメージが強く、私まで「SM好きな人」だと思われてしまうのは困惑した。ネットの掲示板には「ドM女に違いない」なんて書かれたこともあったし、SM愛好家の集まりで何か喋ってくれと依頼が来たときは、私のようなごくごくノーマルな人間が話せるわけがないと返信できなかった。イベント等で、「僕もSM好きなんです。○○女王様ご存じですか？」などと問われ、「知りません」と正直に答えると、がっかりした顔をされる。

若い頃は、遊びの延長でいろいろやったけれど、緊縛は面倒なだけだし、蝋燭は低温でも熱いし、それ以上やろうとは思わなかった。エロ本が好きだったので、SM雑誌も買っていたし、そちら方面の風俗で働こうと面接に行ったこともあるが、決して「SM好き」ではないのに、レッテルを貼られるのは、鬱陶しいだけだった。そもそも、私の小説を読まずに勝手な妄想だけで近寄ってこられ、期待外れだとがっかりされるのは不愉快でしかないから、SM関係の場所には近づかなかった。

　けれど、数年前のある日、私は六本木の墓に囲まれた日本家屋で、麻縄で吊られ、縛られる女の人を目の当たりにしていた。


　きっかけは、当時、小説の取材を手助けしてもらっていた、あるAV男優との会話だった。

彼の名は日比野達郎。AVというものがまだなかった頃から、雑誌等で女性とからむ仕事をしていた日本で一番キャリアの長いAV男優だ。彼と取材の中で話しているとき、何かの拍子に「緊縛を見たことがない」と言うと、「今度、奈加あきらの緊縛の会にゲストで呼ばれてるけど、来る？」と誘われ、頷いた。

　奈加あきら――麻縄緊縛の第一人者・濡木痴夢男を師と仰ぐ、日本のみならず世界各国でも活躍する緊縛師だ。私も、もちろんその名は知っていた。奈加さんの縄なら見たいと、私は六本木で開かれたその会に参加を決めた。ごくごく普通の民家が、墓の中にぽつんと建っている。夜ならば、怪談の舞台になるだろう。都会の狭間に、こんな場所があるのに驚いた。民家の中の畳の部屋には、人がぎっしり詰まっていた。

この数日前、AV男優の佐川銀次さんと話す機会があった。佐川銀次――「いぶし銀」という言葉がぴったりの男くささを漂わせる人気ベテランAV男優だ。奈加さんの縄を見に行く話をすると、彼がこう言った。

「奈加さんの縛りはね、セックスなんだよ」

そして私は、その銀次さんの言葉を、目の当たりにする。

女を縛る。麻縄が食い込む。女の苦悶の表情の中に、歓喜が見える。縛る男と縛られる女の真剣勝負に、観客は息を呑み、目をそらすことができない。濃厚な、ふたりだけの世界。この部屋には数十人の観客がいるのに、ふたりが醸し出す空気がその場を支配する。大勢人がいるのに、密室でふたりきりで行われている性行為のようだった。

確かに、これは銀次さんの言葉通り、「セックス」だ。「ショー」や「ファッション」ではない、「セックス」だ。挿入を伴うセックスよりも、濃厚で、私は完全に呑まれた。

身体の奥から、力づくで封をしていた蓋が、カタカタと音を立てる。欲望の蓋だ。欲望の中でも、一番深いところに閉じ込めているものだ。痛めつけられたい、虐められたい、支配されたい。好きな男にならば、何をされてもいいと昔は思っていた。殺されてもいい、いや、いっそ殺されたいと。

快楽は苦痛と近いところにあるから、深く潜り込みすぎたら危険だ。だから私は自分のこの種の欲望に封をしていた。足を踏み入れたら、戻ってこられなくなりそうだから。何もかも捨てて、のめり込んでしまいそうだから。

若い頃の破滅願望、破壊衝動は、収まっていたはずなのに。縛られる女を見ると、「痛めつけて欲しい」「殺して欲しい」と願っていた、あの頃の暗い欲望が顔を出してしまいそうになる。

私は隣にいた日比野さんに聞いた。

「縛られてた女の人は、実際にセックスしたくならないんですか？」

「縄イキしてるよ。挿入しなくても、イってる。奈加さんだって興奮してる」

縄イキ――その言葉は知っていた。縄による絶頂だ。

挿入だけがセックスじゃないということを、改めて思い知らされる。濃厚で、崇高な「セックス」を目の当たりにして、身体の力が抜けた。

この会では、他に驚く出来事があった。緊縛の最中、私は部屋にいる観客の中に、「どうも知り合いに似ている人がいる……」と気になっていた。あとで声をかけられたが、間違いなく知人だった。京都在住の地位ある役職に就いている男性で、まさか六本木の日本家屋で顔を合わせるなんてとビックリした。

「奈加あきらさんの、ファンなんですよ」と、彼は恥ずかしそうに言った。

日本家屋の和室で緊縛を観客が固唾を呑み込んで食い入るように見ている光景。私はふと、既視感を覚えて、すぐさま思い出した。団鬼六の傑作『外道の群れ』の一場面だ。

『外道の群れ』は、大正時代に活躍した画家・伊藤晴雨が主人公の小説だ。伊藤晴雨の描く絵は、女を縛り苛む絵で、残虐だ変態だと非難もされたが、その凄惨美に惹かれる者も少なくない。大学時代に図書室で、「芸術新潮」の伊藤晴雨特集号を手にとり、ページをめくりながら興奮を表情に出さないように必死だった。縛られ、吊られ、口を塞がれ、黒髪を乱れさす女たち。「可哀想だ」「ひどい」「残酷で見ていられない」と目を背ける人もいるだろう。けれど私は「美しい」と思ってしまった。女の苦しんでいる姿に、興奮した。

その後、二十代半ばで団鬼六作品に出会い、団鬼六が伊藤晴雨を書いている本があるのを知った。中でも、『外道の群れ』は、何度も読んだし、今でもときどきページをめくる。読めば、団鬼六が、伊藤晴雨に自身を重ねているのがわかる。

純文学の新人賞出身でありながら、異端の作家であり、隠花植物でもあり、不謹慎で、後ろ指さされる「SM官能」を書き続けた団鬼六は、世の中からこぼれ落ちたアウトローたちを愛し、描き続けた。

『外道の群れ』には、「変態」と呼ばれた、欲望に正直な者たちが晴雨の家に集い、妊娠中の晴雨の妻が吊られるのを鑑賞する場面がある。晴雨は、妊婦の吊り絵を描くために、実際に自分の妻を吊ったのだ。「狂っている」と良識ある人は言うだろう。狂っているのは承知で、晴雨はそれをやった。だから「外道」なのだ。

『外道の群れ』は、欲望に正直がゆえに、正しく生きられない人間たちの小説だ。滑稽で、哀しく、幸福な、性に振り回される人間たちを、団鬼六は赦しと共に描いた。

私自身も、性に振り回され、堕ちた人間だ。男とセックスするために、消費者金融で金を借りて処女を喪失し、それからも望まれるままに金を渡し続けたのは、自分のようなクズを相手にしてくれるのはこの男だけだと縋っていたからだ。

借金を背負い、復讐のようにセックスで金をもらっていた時期もある。死にたいと願っていたから、怖いものなどなく、何でもできた。「異常だ」と言われたこともある。「普通、そこまでしない」「おかしい」と、今まで何度も同情や侮蔑のまなざしで見られ、やっぱり自分はちゃんと生きられない、生きてはいけない人間だ、クズだ、死んだほうがいいと思いながら生きてきた。団鬼六の小説は、そんな「正しく生きられない」人間を救ってくれた。

「外道」は、「外道」のままで生きる道はあるのだと、指し示しもしてくれた。様々な新人文学賞に応募して、「団鬼六賞」に私がひっかかったのは、たぶん、そういうことなのだろう。

欲望に従え、と。

欲望を描け、と。

六本木の民家で、当代一の緊縛師を囲む人々の顔を眺めながら、そのことを思い出した。

奈加さんに、「どうでした？」と、聞かれた。

「佐川銀次さんに、奈加さんの緊縛はセックスだって言われて、実際に目の前で見て、まさにそうだと思いました」

私がそう答えると、奈加あきらは柔らかい表情で、「うれしいなぁ」と口にした。


私が緊縛を見た家は、その後、取り壊されて、今はもうない。

今でも六本木は、苦手な場所で、気後れする。けれど、『外道の群れ』が、現代にも存在するのを思い出すだけで、正しさが人を叩く息苦しいこの世界に殺されず、なんとか生きていこうと思える。

性を描くことは、傷つけられることも多いから、今まで何度も止めようと思ったし、悔しい想いもした。多くの人に愛されるような物語を描いたほうが、称賛されもするだろうとも考えた。

けれど結局、性の世界から逃れられないのも、十分に承知している。

その世界が私にとって何よりも魅力的であることも。

赤は女の色だ。毎月血を流す度に、そう思う。
子も産まぬのに、まだ、血を滴らせている。

五条楽園

二〇一二年

楽園の存在を知ったのは、大学生のときだ。私は京都東山にある京都女子大学に入学し、一年生の春から修学旅行生相手のバスガイドのアルバイトを始めて、その事務所が京阪電車の五条駅（現・清水五条駅）近くだった。あるとき、鴨川を渡り五条通を挟んだ南側の高瀬川沿いに、「五条楽園」と赤い字で描かれた看板があるのに気づいた。

楽園？　あれは何だろうと話題に出すと、バイト先の男の先輩が、「俺があの近く歩いていると、客引きに声かけられた。女の子は行っちゃだめな場所だ」と言った。

「女の子は行っちゃだめな場所」、その名前が「楽園」というのが気になった。

そんなに楽しい場所なのだろうか。

今から十年以上前、まだ小説家ではなく、ブログにAVや自身の経験を書き連ねていた頃、ミクシィを通じて、ひとりの女性から連絡があった。あなたのブログを読んで、大変感銘を受けました、と。彼女は私と同じ京都に住み、同い年で、セックスワーカー、いわゆる風俗嬢だった。何度かやり取りし、会うことになった。冬の夜、待ち合わせの場所に現れた彼女を見て、私は想像とあまりにも違っていたのに驚いた。

映画や漫画の中では、娼婦、風俗嬢は、露出の多いセクシーな服を着て、赤い口紅で煙草をくゆらせる女として描かれる。けれど目の前の彼女はロングスカートにセーター、ほとんど化粧気のない顔と、おかっぱ頭に眼鏡をかけた、「性」の匂いが全くしない女性だった。

彼女の名をIとしよう。話しても、とても真面目な人で長いつきあいの恋人もいるという。学生時代からの風俗経験をもとに、彼女は風俗嬢が安全に働けるようにと性感染症等の勉強をしたりと、真面目に「性」に取り組んでいた。

その後、たまに会うようになり、私が着付けを習いたいと思っていると口にすると、「私、着物あるからあげるよ」と言われた。

「え？　Iちゃん、自分で着物着られるの？　どこで習ったの？」と聞くと、「習ってないけど、五条楽園で働いてたから覚えた。あそこは着物なんだよ」と答えられた。彼女は数年前、一年間ほど五条楽園で働いていたという。

「女の子は芸妓だから着物を着るの。置屋で待機して、呼ばれたらお茶屋に行く。そしてお客さんと部屋に行く。シャワーもお風呂もお布団もなく、座布団が敷かれてる。そこで『自由恋愛』が始まるという……」

「へぇ……着物って！　風情があるね」

「あと、線香一本で二十分、二本で四十分。時間の単位はそれ。私はいろんな風俗やったけど、五条楽園はいいところだったよ。夏祭りみたいなのもあって、屋台が出て、私たちはチケットもらって綿菓子買ったり。お客さんもお年寄りが多くて、年金暮らしで、だから平日の昼間に来てくれてたり。私は三十代だったけど、若い、若いってよく言われたから、働いている娘の年齢層も高かった」

「最年長は幾つぐらいの人？」

「組合長って呼ばれてる人がいて、その人は七十代と聞いてた」

へぇー！　と、私は大きな声を出しそうになった。

「でも、お客さん、お年寄りが多いって……勃つの？」

「だから私たちが元気にしてね、上になって頑張るの。スクワットより騎乗位のほうが足腰鍛えられるんだよ。五条楽園いたときは、いい運動になったよ」

私はひとつ疑問を投げかけた。五条楽園には、有名な暴力団の本部事務所があった（現在は京都市から退去命令が出て建物も取り壊された）。

「やっぱりあそこの組が関係してるの？」

「それは私たちにはわかんない。ただね、あそこに事務所があるから、変なお客さん来なかったっていうのはある。関係してるってみんな思ってるから、危ない人は避けられて、安全だった」

なるほどなと感心した。ちなみに暴力団事務所のすぐそばは、現在は京都市南区に本社のある任天堂創業の地で、当時の建物も現存している。任天堂はもともと花札の製造会社であった。花札、つまりギャンブルだ。ギャンブルは運を天に任せるしかない。任せる、天に……というのが「任天堂」社名の由来だという説もある。賭博が盛んだった頃、双方は十分に潤っていただろう。

Iの話を聞いて、私は「五条楽園」への興味を深めたが、その頃はまだ、「女の子が行っちゃだめな場所」で、あの看板の奥に入る勇気はなかった。五条楽園はもともと江戸時代からの歴史がある七条新地と呼ばれる遊郭で、戦後に赤線となったとも知った。

私が小説家になって間もなく、売春が摘発され、「五条楽園」の看板も撤去され、すべて「産業」は消えてしまったとニュースになった。お茶屋を利用した飲食店が次々とできたりと街が変わっていった。そんなとき、Iに案内され、私は初めて五条楽園を歩いた。色鮮やかなタイルの壁、ステンドグラスの美しい窓の建物、豪奢な和風建築が高瀬川沿いに並ぶ。春は川沿いの桜が綺麗で、静かな町は、歩いているだけで心が落ち着く。

「もう『商売』はやってないし、再開発やらでこの街の風景は変わっちゃうかもしれない。それは寂しいいな。私は、ここで働いてたとき、楽しかった。赤い襦袢を来た自分が、どこか誇らしげでね」

彼女は、そう言った。

知り合って間もない頃、「なんで風俗嬢になったの？」と聞いたことがある。Ｉは大学を卒業しており、恋人もいて、見かけ通りの地味な生活で、酒も飲まない、煙草も吸わない、ギャンブルもせず浪費家にも見えない、金に困っているわけでもない。その彼女が、どうして二十年以上もセックスの仕事をし続けているのかが不思議だった。

「この仕事って、軽蔑されるでしょ。恥ずかしい、いけない仕事だって、差別もされる。それが私には不思議だった。私はその仕事を軽蔑しないけれど、世の中にはされている。だから興味があって、学生時代に飛び込んでみた。木屋町の場末のピンサロだったけど、そこで女の人たちが男のをくわえていて……これだ！　って思った。理屈じゃない。それまで自分が生きてる社会に違和感があって……やっと私が生きる世界を見つけたと思った」

そうして彼女は、ピンサロ、ソープ、ストリップ、ヘルス等、あらゆるセックスの仕事を渡り歩いた。

彼女の話を聞いて、私にも思い当たることがあった。私は大学生でひとり暮らしを始め、近所のレンタルビデオ屋の十八禁コーナーに足を踏み入れ、「代々木忠」というＡＶ監督の『ザ・面接』というアダルトビデオを借りた。その前に代々木忠の著書『プラトニック・アニマル』を読んで感銘を受けたからだ。当時は処女で男性とつきあったこともなく、セックスがなんだかわかってもいなかったけれど、人一倍ＡＶに興味はあった。そして『ザ・面接』を観て、衝撃を受けた。

そこにあるのは男と女の剥き出しの欲望だった。田舎の保守的な家に育った私は、セックスは好きな男とだけして、その男と結婚し子どもを産むのが女の幸せだと信じてきた。けれど画面の中にあるのは、価値観をぶち壊す欲望の饗宴だった。私は混乱した。AVなんて作り物の演技だとそのときまで思っていたのに。混乱して破壊されながらも、興奮していた。私は「代々木忠」のAVを借りまくるようになった。

大学の同級生たちは彼氏を見つけデートしてセックスをして楽しんでいる。私だとてそんな生活に憧れてはいたけれど、でも、代々木忠の作品の中にある「欲望」こそが、私には何よりもの真実だと思った。それは今でも変わらずそう思っている。

私もIも世間とは違う価値観の持ち主で、社会からこぼれ落ちた人間かもしれない。でも私たちの生きる場所は、間違いなくセックスの世界だった。

私は「楽園」を残したいと思った。いつかは消えてしまうだろう、この場所を。書き下ろしの依頼をくれた編集者に「五条楽園を書きたい」と伝え、「かつて楽園と呼ばれていた場所」に建てられたアパートに住む、若さを失いつつある女たちの物語を書いた。どの女たちも、自分の欲望と、老いていく焦りと、他の女への嫉妬を抱えて生きている。誰ひとり、立派で心の清らかな人物など出てこない。女たちはもがいて苦しみ、それでも「楽園」を求めて生きていこうとする。

この小説の取材で、かつてお茶屋をやっていた女性に会うことができ、お茶屋の二階に上がらせてもらった。その小さな部屋は、赤、赤、赤……絨毯も赤、照明も赤だった。部屋に入った瞬間、「赤」に心を支配された。男と女の営みが繰り返された、そのためだけの部屋の空気に全身を呑み込まれた。地縛霊のようだと思った。この部屋には、無数の男女の欲望が時間を超えて存在しているのだ、と。

赤は女の色だ。毎月血を流す度に、そう思う。子も産まぬのに、まだ、血を滴らせている。いや、この女の血が流れなくなっても、きっと変わらない。女であることからは逃れられないと、閉経が近づく年齢になって強く思うようになった。そうして「女」に執着しているのは自分自身なのだとも。

その頃は、小説家になって一番苦しいときだった。思いがけず「官能」でデビューし、「官能作家」と呼ばれることに、辟易していた。私自身にも「女流官能作家」という女の記号が要求され、いやらしい女だという目でニヤニヤと「経験を書いているんですかぁ?」と同じ質問を繰り返され、嘲笑され、不躾で不快な扱いをされる。

私は「小説家だ」、「小説を読んで欲しい」といくら訴えても、人は「女流官能作家」という記号からの妄想を抱き、また私の容姿がその妄想にそぐわないと、「あんなブスがセックス書くなんて気持ち悪い、死ね」「写真見たら失望するからよせ、萎える」「顔出すな、ブスのババア」と、何度ネットで罵倒されただろうか。大学で講師もしてメディアにもよく顔を出す、新人文学賞の選考委員も務めている有名作家に直接会って「がっかりした」と言われたこともある。

仕事は猛烈に忙しかった。注文が殺到し、毎日セックスを描くのも疲れていた。それでも世間からしたら、ただの「エロを書いてるくせに、男に性の対象にされない醜いおばさん」でしかない。

忙しいのと仕事で葛藤して全く眠れなかった。眠れないと鬱になる。外に出ても意識朦朧として信号が赤なのか青なのか判断できない、階段を踏み外しそうで怖い。当時のフェイスブックを見ると「このまま何も楽しいことなく過労死するんだろうな」と繰り返し書いている。そのくせ仕事は断らない。仕事しか自分の価値はないと思っていたから。そのうち死ぬなと何度も思った。でも死にたくないから、精神科に行き、睡眠薬を処方してもらい、毎晩眠るようにすると体調は戻り、精神状態もマシになったが、今でも睡眠薬は飲み続けている。

そんなときに、あの「楽園」の赤い部屋に行った。楽園で男を待つ女、訪れる男たち、そこで交わされた肌の暖かさと快楽、それらの記憶があの部屋にいて、私を捕らえた。

私は、セックスを描きたい。

それまでもう官能も性愛も書きたくないとまで思い詰めていたはずなのに、あの部屋に入って、「セックス」を書きたいと、初めて自分の意志でそう思った。それまではたまたまデビューが官能で、依頼があるから書いているに過ぎなかった。そうして私は『楽園』という本を中央公論新社から出した。若くない女たちの苦しみや渇望は、当時の私自身が強く反映されている。

本ができて、Ｉとふたりで再び旧五条楽園を歩いた。取材でお世話になり、あの「赤い部屋」を見せてくれた女将さんに会いに行った。

Ｉが、「実は、私、ここで働いていたんです」と、告白し、ふたりの話が弾む。

「あの、組合長さんて最年長の芸妓さん、いましたよね。七十代の」

Ｉがそう聞いた。

「いはったなぁ。そやけど、あの人は、八十代やったで。ここがなくなるまで、ずっと現役で」

女将さんの答えに、ふたりとものけぞった。

もう自分は若くない……女として終わりに近づいているなんて思ってしまうけれど、「女」を売る界隈に生きる者たちは、もっと強く、したたかで、しぶとい。

私は今でもたまに、あの界隈を歩き、赤い部屋にいた欲望の残滓を嗅ぎに行く。

かつて、ここは「楽園」と呼ばれていた。

着物を纏った男を待つ女と、ひとときの安らぎを求め訪れる男たちの、若くないからこそ切実な性の欲望が交わっていた場所。
京都で一番、私が懐かしさを覚える場所。
娼婦たちと、彼女らを求めていた男たちの欲望の幽霊に会いに、私はここを訪れる。
私が描きたいのはセックスだと、気がつかせてくれたあの場所に。

死の匂いが漂う場所で、
自分が生きていることを
確かめているのだろうか。

山形

二〇一七年

「東北は、もともと死が身近だから……」

と、隣でハンドルを握りながら、その男は言った。

「恐山もあるし、即身仏も多い……あとムカサリ絵馬な」

男の名は黒木あるじ。青森出身、山形在住で、映像の仕事をしながら「怪談実話」と呼ばれるジャンルの本を多数出版している作家だ。


二〇一七年、山形と仙台で開催される小説家講座の講師の仕事のために東北に行き、友人である黒木あるじに、「姐さん、どこか行きたいところある？　運転手やるよ」と問われた。

「山寺は昔行ったし……セックスか怪談関係の場所どこか」と答えると、「ほんとそういうの好きだな」と苦笑された。

「山形の遊郭はもう残ってないから……即身仏と、若松寺か」

「即身仏！　見たい！　若松寺って何があんの？」

「ムカサリ絵馬って、聞いたことある？」

「ない」

「興味あると思うわ。とりあえず行こうか」

雪が残る山形で、私は仕事の合間に、そのふたつの場所を黒木あるじと共に訪ねた。

黒木あるじの運転する車で、山道を入っていく。鈴立山若松寺は、奈良時代、行基により開山され、その後、平安時代に立石寺を開山した慈覚大師が山頂にあった伽藍を現在の場所に移したと伝えられている天台宗の寺院で、縁結び祈願の寺院だ。

車を降りて境内に入り、黒木氏に連れられて「地蔵堂」をのぞき込む。「子育て地蔵」と呼ばれているその地蔵堂をのぞき込むと……。

「黒木さん！　おっぱいや！　おっぱいがたくさんある！　乳や！　乳！」

「姐さん、はしゃがんといてくれっ‼」

堂内にはたくさんのおっぱい……実際にさわって祈願をする立派な乳房の像と、立体的な乳房がついている絵馬が掲げてあった。おっぱいを飲んで赤ちゃんがすくすく育つようにという意味が込められているらしい。

黒木氏にたしなめられながら地蔵堂を出て、次に絵馬堂の扉を開け、中に入る。

「これが、ムカサリ絵馬」

そこには無数の、男女が並ぶ絵が描かれている絵馬が並んでいた。結婚式の花嫁と花婿の絵……のはずなのに、微笑ましい幸せな姿とは、とても言えない。

そこに描かれているのは、死者の結婚式なのだ。

ムカサリ絵馬とは、江戸時代より最上地方に伝わる、あの世での結婚式を描いた絵馬だ。病気、事故、水子等、何らかの理由で亡くなった子のために、親や兄弟、親戚が、架空の相手との結婚式の姿を絵馬に描く。せめて来世では幸福になって欲しいという親の思いが籠められている。最近では絵馬師に頼んで描かれたり、合成写真を使う方も多いが、このムカサリ絵馬にはひとつ禁忌があり、相手側に実在する人物を描かない、名前を使わないことが決められている。その人が、あの世に連れていかれるかもしれないからだ。死者の結婚については、韓国等でそんな風習があるのは知っていたが、日本でこのように残っているのを初めて目の当たりにした。

私は言葉を発するのも忘れて、絵馬に見入っていた。もともとはこの辺りの風習だったが、亡くなった子どもの供養にと、全国から訪れる人がいると聞いた。日付を見ると、最近のものもある。今、現在も悲しみを抱えた親たちが、こうして若松寺に参詣に来ているのだ。

ムカサリ絵馬に描かれた花嫁花婿は、にこやかな笑顔ばかりだ。晴れの日、幸せになる日の、笑顔。けれどこの笑顔の裏には、どれだけの子を亡くした者たちの涙があるのだろうと考えると、私は絵馬堂で立ち尽くした。

後日、京都に戻り、三条木屋町の瑞泉寺という豊臣秀吉の甥・秀次と、その妻子三十九人の菩提を弔う寺の前を通ったとき、ムカサリ絵馬のことを思い出した。

豊臣秀次は、後継ぎの秀頼をもうけた秀吉に疎まれ、高野山に蟄居し、自刃する。残された秀次の妻子三十九人は京都の三条河原で斬首されるが、そこには山形藩初代藩主・最上義光の娘・駒姫の姿もあった。一説によると、十五歳の駒姫は秀次に乞われ京に向かい到着し旅の疲れを癒していたところに秀次が切腹し、妻どころか会ったこともなかったのに、秀吉の命により他の側室たちと共に殺されてしまったのだという。駒姫の母も嘆きのあまり後を追うように死んでしまい、最上義光はこれにより、秀吉への憎悪を深めた。

山形藩の初代藩主の子を亡くした無念さと、ムカサリ絵馬を無理やりこじつける気はないが、無関係のようには思えなかった。

別の日に、また黒木あるじの運転で、山形県鶴岡市の湯殿山注連寺に行った。弘法大師空海を開基とする真言宗の寺院だ。ここには即身仏がある。閉門時間近くになっていたが、黒木氏が取材で訪ねたことがあるのと、京都から来たということで丁寧に説明もしてくださった。

注連寺の即身仏は、鉄門海上人という鶴岡市出身の行者だ。お堂に入り、ガラスの向こうに、鉄門海上人がいた。何百年も昔に亡くなった人の亡骸は、もっとおどろおどろしいものかと想像していたけれど、実際に対峙してみると、ただただ静かに、そこに存在している骸に過ぎなかった。恐怖もなければ深い感動もなく、ただ死者の姿と向き合っていた。

「鉄門海上人は、修行に入るときに、以前なじみだった遊女がやってきて迫るもんで、欲望を断ち切ろうと、自分で自分の睾丸を切って渡したんだって。その睾丸も、今残ってる。鉄門海上人の即身仏は本当に睾丸がないらしいから、実話なんだろうな。姐さんごのみの話だろ？」

「睾丸……金玉のない即身仏？　いつかそっちの切り取ったほうも見たいわ。睾丸のミイラ」

私がそう言うと、黒木氏は「やっぱりな」と笑った。

『新編　日本のミイラ仏をたずねて』（山と渓谷社）という本を読んだ。この本には、私が山形で見た注連寺の鉄門海上人についても書かれている。著者の土方正志氏は、宮城県仙台市で「荒蝦夷」という出版社を営んでいる。東日本大震災の際に、被災した出版社だ。

この本は、一九九六年に刊行され、二〇一六年「新編」となって復刊した。復刊の際に土方氏は再び即身仏を訪ね歩き、黒木あるじ氏も幾つか同行をした。あとがきで土方氏が阪神・淡路大震災の取材で神戸に入り、被災地の惨状を目の当たりにし、疲れ切ったときに、ふと月山、鉄門海上人の姿が見え、「ああ、いま、この瞬間、あそこにいたい」と強烈に思った記述があり、印象に残った。

続けて、「生と死が交差する現場で、私はいつも即身仏さんたちを思い浮かべるようになってしまった。きっと即身仏さんたちは死そのものをひとつの具体的なかたちとして生者である私たちに見せてくれているのだ。人は死ぬとこうなるんだよ、と」とある。これを読んで、即身仏ではないけれど、惹かれる気持ちがわかるような気がした。

私は疲れたとき、死の匂いのする場所に行きたくなる。墓場であったり、人が亡くなった現場であったり……悪趣味だと自分では思うが、安心するのだ。死の漂う場所で、自分が生きていることを確かめているのだろうか。それとも死に対する強い憧れがあるのか、死にたいと今は思っていないはずなのに。年と共に死者の世界に惹かれている。怖いとは思わない。懐かしいから、安心する。

黒木氏は、様々な人に会い話を聞き、それを「怪談実話」として描き本にする、いわばあの世とこの世をつなぐ物書きだ。私も少ないながら、怪談実話も、怪談小説も書いている。

けれど、黒木氏も、私自身も、幽霊が見えるとか、霊感が強いわけでもない。怪談を書いている人間の中には、このように「霊なんて見たこともない」人間は多い。私は特に、人一倍鈍い。皆が同じ場所にいて体験した怪異を、私だけ全く何も感じなかったり、「古い建物の着物の女がびっちり張り付いている廊下」を、平気で歩いていたということをあとで聞かされたこともある。

霊やスピリチュアルについては、どちらかというとかなり懐疑的だ。疑わずに、すぐに霊だ！　と騒ぐ人間は嫌いだし、そうやって霊現象をあおり、人の心の弱みに付け込む商売をしている人間をたくさん知っているからこそ、「疑え」と思う。ただ、そんな私でも、この世では説明のつかない不思議な出来事を体験しているので、私が見えない、知らないだけで、何か存在するのかもしれない。

怪談を書くようになって思うのは、幽霊は生きている人間の未練や執着が作り出すものだということだ。幽霊が出るのは、亡くなった人ではなく、生きている人間の意思なのだ。そしてそんな幽霊により救われる人たちもいる。肉体は滅んでも、魂は残って、そばにいるのだと思うことで、救われる人たちが。怪談という供養もあると、誰かが言っていた。

多くの人が亡くなった東北という地で、無数の死者の話を聞き取り文章にしてきた黒木氏は、誰よりもその意味を知っているだろう。

山形の夜は、ホテルにチェックインしてから、市内のカウンターのある小さな料理屋で美味い酒と肴を楽しんだ。カウンターにいる愛嬌のある女性が酒を選び、もてなしてくれる。山形は酒も食べ物も極上だ。

帰り、ホテルに向かう車の中で、つい「黒木さんにはもったいないぐらいええ娘やん」と口にすると、「それ、他の人にも言われる」と返された。

「黒木さんもなぁ、いろいろあったから……幸せになりや」

「おう。いろいろあったなぁ……姐さんと最初に会ったのは東京の深川だったけど、いきなり俺のハードな色恋話してたな」

「そうそう。まあ、私もいろいろあるで」

「知ってる」

私と黒木あるじは、同じ年にデビューしている。東日本大震災の混乱の中で、作家となった。賞をとって本を出しても、全く浮かれられない、日本はどうなるんだと暗雲しか見えない中で作家生活をスタートさせた。東北で生まれ育ち、そこに根を張る黒木氏など、私以上に、暗雲をかき分けて今まで書き続けてきたのだろう。たくさんの人が亡くなり、残された者たちが語る哀しみを、怪談という形で残してきた。

そうやって、記録されない記憶、いつか忘れ去られる人の想いを書き残していくのも、私たちのような文章を生業にしている者の使命のような気も最近してきた。無念さを抱え亡くなった魂のために、私たちは何かできることがあるのだろうか。東北に行くと、どうしてもそうやって「死」について考えずにはいられない。

数年後、料理屋にいた女性は黒木あるじの妻となり、今も仲睦まじく暮らしている。
毎年、果実王国でもある山形の極上のラ・フランスをふたりは贈ってきてくれる。

生駒

二〇一七年四月

人前に出ることは、傷つけてくれと言っているようなものだと、たまに考える。

目の前に、美しい人が座り、「お誕生日おめでとうございます。大事な日に声をかけていただいて、嬉しいです」と口にして、乾杯をした。

数年前の私の誕生日、どこかへ行きたいけれど、遠くに旅する余裕もなかったので、以前から気になっていた奈良県生駒市に泊まることにした。大阪と奈良の狭間にある生駒山の宝山寺の門前にある古い旅館を改装したゲストハウスを予約した。ゲストハウスといっても、その日、泊まっている客は私ひとりだった。

せっかくだからと、生駒出身で現在も奈良に住んでいる友人を呼んだ。

駒井まちという名の、グラビアアイドルだ。

生駒山脈はバスの仕事で奈良や大阪に行く度に、眺めている。鉄塔が幾つも建った生駒山脈は、ぐるぐると大阪環状線をまわった際などに、方向を見極める目印になる。けれど山そのものに登ったことは、仕事でも仕事以外でもなかった。行きたいと思ったのは、そこに遊郭があるのを知ったからだ。生駒の遊郭は、旅館に女性を呼ぶ形だと聞いた。誕生日を遊郭で過ごすのもいいじゃないかと、行くことを決めた。

京都からは近鉄電車を使い、生駒駅で降りる。近鉄があるおかげで、生駒は大阪にも行きやすい。

少し付近を歩くと、検番を見つけた。検番とは、その土地の料理屋、芸者屋などの事務所だ。生駒ではまだ芸者が呼べるのかと、気になった。

昔、生駒は在日朝鮮韓国人も多く、「朝鮮寺」と呼ばれる寺院が多い場所でもある。そちらのほうはまた別の機会に見て周りたくなった。生駒には生駒山頂遊園地がある。山に向かうためのケーブルカーを見て、思わず「可愛い……」と声をあげそうになった。まるで遊園地の乗り物のように動物の顔が正面にあるのだ。しかし平日で向かう人も少ないようで、愛らしい動物のケーブルカーに乗っているのは、アラフィフのおばはんである私と、老人ひとりだった。

ケーブルの駅を降りて、旅館を探しながら坂道を歩く。目の前には、生駒の街が広がっていて、眺めが素晴らしい。驚愕したのは、旅館が建ち並ぶ界隈からすぐ宝山寺の参道が続いていたことだ。想像していたよりも、ずっと聖と俗、遊郭と寺が近くにある。昔は精進落としの意味合いもあり、神社仏閣の近くに遊郭が位置するのはよくある話だったが、ここまで目の前だというのは思ってもみなかった。

宝山寺は翌朝行くことにしていて、とりあえず宿に入る。古い旅館を改装したということだったが、ほとんど新しい建物になって綺麗だった。部屋は広く、ここに来るまで結構歩いていたので、私はいったん横になると、そのまま眠ってしまった。ふと目が覚めると、部屋は暗くなっていた。ちょうどいい時間だと、髪の毛を直し、旅館の外に出る。近くに「摩波羅茶屋」というインドネシア料理の店があるのは事前に調べていたので、そこで夕食を食べることにしていた。店は広く、ゆったりとした席に案内されて、人を待った。

しばらくすると、駒井まちが、やってきた。

駒井まちと知り合ったのは、数年前、あるアイドルイベントだ。彼女が私の友人のライター・中村淳彦のファンだと知り、それから中村さんも含めた数人で会うようになった。

彼女が雑誌のグラビアコンテストに出場した際は、応援もした。彼女のブログなどを読むうちに、彼女が容姿に強い劣等感を持つことを知った。音楽やホラーが好きで、グラビアアイドルという容姿と可愛さを売りにする世界にいながらも、どこか「女の子」であることに居心地悪そうにしているのも、なんだか他人事とは思えなかった。私と彼女では年齢も容姿も全く違うはずなのに。

彼女は容姿の劣等感を抱えながら、ひねくれてしまった私とは違い、すさまじい努力をして綺麗になり、容姿の優劣をジャッジさせる世界に飛び込んでいった。それは傷つくことも覚悟した戦いだった。人前に出ることは、傷つけてくれと言っているようなものだと、たまに考える。どこに行っても、何をしても、容姿のジャッジがついてまわる。特に、女は。

私だとて、小説を書いているだけなのに、宣伝等で媒体や人前に姿を出す度に、容姿を貶され続けた。見ないようにしているけれど、匿名掲示板だけじゃなく読書サイトにまで「画像検索するなよ、がっかりするから（笑）」と書かれている。私のような者だけじゃない。美人は年を取ったら劣化と言われるし、整形だとも書かれる。どんな容姿だとて、常に傷つけようとする世界で私たちは生きていかなければならない。言っている側は「思ったことを口にしているだけ」なのかもしれないけれど、言われた側は死にたくなるほどつらい想いをしている女の人を、何人も知っている。

けれどそれでも美しい女に、抗いがたい魅力があるのは、男性よりも女性のほうが知っている。だから美に憧れ、美を目指す。女が美しくなろうとすることを「男に媚びる」と言う人もいるけれど、そうじゃなくて、自信を持つためなのだ。

駒井まちと、生駒の夜景を眺めながら話をし、食事をする。会う度に、彼女は美しくなるけれど、それは彼女が強くなっている過程なのだ。生駒生まれの駒井まちだったが、ここに来たのは初めてだと口にした。食事を終え、彼女は家に帰り、私は旅館に戻る。旅館の前で立ち止まり、宝山寺の参道を眺めると、真っ暗な闇の中に吸い込まれそうになった。

翌朝、奈良の食材を使った朝食を食べたあと、荷物を預け、宝山寺に行く。生駒山は、役行者が二頭の鬼を改心させ子にしたという伝説もあり、山岳修行の地としても有名だ。宝山寺はもともとは役《えんの》小角《おづぬ》が開いた修行道場で、弘法大師が修行したとも伝えられている。江戸時代に湛海律師《たんかいりっし》が再興し、大聖歓喜天《だいしょうかんぎてん》を祀った。商売の神として大阪人の信仰を集め、参拝者が多いことから大正時代に日本最初のケーブルカーが作られ、「宝山寺新地」と呼ばれる遊郭もできたのだ。

その日も観光バスが来ていて、賑やかだった。本堂など境内をまわったが、圧倒されたのは、堂の背後にそびえる崖にたたずむ仏様だ。ここは溶岩が噴き出してこのような形になり「般若屈」と呼ばれている。そこに静かな表情をした弥勒仏がいて、私たちを見下ろしている。近年、パワースポットという言葉が流行り、ここ宝山寺や生駒山もそのような言われ方をするが、そんなもんじゃない。もっと深く、広い、人々を見守る仏様が、ここにいる。

そして帰るためにまた参道を歩くが、やはり目の前に遊郭がある光景が目に留まる。

いやらしい、淫らだと非難され、罪とされる「売春」の場が、当たり前に聖なる場所に存在していることに、感動する。どうして男は、金で女を買うのか。射精したければ、自分の手ですればいい。けれど、それでは満たされないものがあるから、遊郭が存在し続けた。家族でも恋人でも埋められない何かがあるから、男は女を買う。そこで救われる男たちがいる。

女だとて、そうだ。金のためではあるけれど、男に求められ金銭に換算されることにより、自分には価値があるのだと思って救われる女だって存在する。身体を売る女、買う男を、非難して悪だと決めつけて、この世から消し去ろうとする人たちは何に恐れて、何に縛られているのだろうか。

けれど世の中は、表面だけ綺麗になろうとしているから、セックス、性風俗業は徐々に追いやられ、地下に潜るしかなくなってしまう。そのほうが、危険なのに。人間がいる限り、欲望はなくならないのに。パートナーがいて、一対一で、身も心も満たされている人なんて、どれぐらいいるのだろうか。

性風俗やセックスの仕事をしている人たちを憎んだり軽蔑する人たちのことを考えると、自分の存在も否定された気分になる。いつも重い気持ちになり、叫びがこみ上げてくる。

けれど、この聖と性が並ぶ場所に来て、すがすがしい気分になった。

欲望を抱えたまま、人は生きていていいのだと言われているかのように。

ケーブルカーで山の麓に戻り、近鉄電車で京都に戻った。

鉄塔が並ぶ聖なる山が、また遠くなった。

善と正義を掲げ、それに外れた人々を糾弾する声が
ネットや実社会にも溢れていて、しんどい。

小倉

二〇一八年五月

海が好きだ。水の中に漂い、そのままどこかに流されていきたくなる。けれど海を眺めていると、飛び込みたい衝動にかられて、怖い。何もかも捨てて海に引きずられることを、どこかで望んでいるのだろうか。

久々に船で旅した。大阪の泉大津港を夕方出港し、明石海峡大橋、瀬戸大橋をくぐり瀬戸内海から九州、門司港に着く阪九フェリーで。フェリーで夜を過ごすのは大学生のとき以来だが、露天風呂もあり快適だ。早朝に門司港から連絡バスで門司駅へ。そこから北九州市小倉に電車で移動し、ネットカフェで仮眠をとる。

午後から小倉駅南口すぐの成人映画館や個室ビデオ屋が並ぶ界隈を歩き、「ストリップA級小倉」という看板を目印に中へ入る。A級小倉は九州に唯一残るストリップ劇場で、女性割引の三千円を払って場内に入る。開演時間が近づき、場内はほぼ満席近くになる。平日なのに賑わっており、カップルもいれば、私のように女性ひとり客も何人かいる。

二〇一八年四月、広島で生まれて初めてストリップを観て、それまで私が持っていたイメージを覆された。踊り子たちは、それぞれ独自の世界を衣装や舞台装置を使って表現し、その完成度の高さと美しさと表現力の虜になった。

女でよかったと、いつもストリップを観て思う。女であることで嫌なこと、苦しいこと、たくさんあったけれど、それでも女でよかったと。舞台に立つのはすべてが若く美人でスタイルのいい踊り子ではない。私と年齢の近い人もいるし、休型だって崩れている人もいる。それでも何もかも曝け出し、笑顔で観客を楽しませてくれる姿は女神のようだ。

A級小倉には、私がストリップを観るきっかけになった若林美保が出演していた。彼女は主にエアリアルシルクといって、天井から吊るした布を使うパフォーマンスで、私がこの日見た二回目の演目も、赤いシルクを纏い、空中で舞っていた。舞台では言葉は発しないが、彼女の演目を見る度に、深い情念を感じる。裸だからこそ、表現できるものがある。

小倉は、かつては炭鉱で栄えた町だった。森鷗外が軍医として滞在し、松本清張出生の地で記念館もある。そしてここは、私の人生を導いた人が生まれた土地でもある。

彼の名は、代々木忠。八十歳を超えても撮り続けていたAV監督だ。小指が欠けているのは北九州での任侠時代の名残だ。代々木忠は小倉で生まれ、華道、任侠、ピンク映画の道を経て、創世記のアダルトビデオの世界に入っていく。

代々木忠は求道者だ。ひたすらセックスとは何かを追求し、昔は本物の恋人同士をそれぞれ他の男女とセックスさせ嫉妬を撮ろうとしたり、多重人格や悪霊に取り憑かれた女、強姦により心に深い傷を負う女たちと映像の中で本気で対峙した。代々木忠が求めるのは、作り物ではない本気のセックス、人間の剥き出しの姿だ。

性に強く興味があったけれど、卑屈さや劣等感で雁字搦めだった二十代の私はあるとき代々木忠の著書『プラトニック・アニマル』を手にとり、そこに描かれている深い世界に感銘を受ける。そして勇気を出してビデオショップに行き、代々木忠の『ザ・面接』というＡＶを借りて観た。

衝撃だった。そこには大学で女子大生たちが語る、べたつくような恋愛の甘い空気や、少女漫画のように王子様が現れる愛の告白をされるファンタジーなど存在せず、ひたすら性の欲望を剥き出しにした獣の姿があった。なのに、女たちは興奮して大きな声をあげて、次第に自ら男を求めてゆく。田舎の保守的な家庭に生まれ育った私は性への興味は強かったけれど、セックスは愛し合い結婚する男女がするものだと思い込んでいたが、そこにあるのはそんな制度や常識を超えた欲望の姿だった。価値観を覆されたはずなのに、嫌悪感など皆無で、混乱した。興奮していたのだ。身体中の血が沸き立った。

それから私はレンタルビデオ屋のアダルトコーナーの暖簾をくぐり「代々木忠」のＡＶを借りまくる。処女の女子大生で、キスもしたことがなかったのに。当時はまだインターネットもなかった時代で、自分は異常だと思い込んでいたし、誰にもそのことは話せなかった。それから私は幾つかのドキュメンタリーAV作品に出会う。映画よりも面白く刺激的だった。

二十代半ば、書店で私は一冊の分厚い本を手にとる。『アダルトビデオジェネレーション』という本で、著者は東良美季。その本には私が焦がれたAV監督たちのインタビューが掲載されていた。東良美季という美しい文章を綴る人に惹かれ、彼が寄稿しているAV情報誌を購入するようになる。そこには私が衝撃を受けた代々木忠の作品について書かれたものもあり、貪り読んだ。


インターネットが普及し始めた頃、私は三十歳を過ぎて地元の工場で働いていた。男に貢いだサラ金の借金がどうにもならず、京都から田舎に戻っていた。そして東良美季がブログを始めたのを見つけて、思い切って「ファンです」とメールをしたのが、二〇〇四年だ。それから返事が来て、交流が始まる。

小説家になったのも代々木忠の影響が大きい。二〇一一年に公開された代々木忠のドキュメンタリー映画『YOYOCHU　SEXと代々木忠の世界』制作中の石岡正人監督が、代々木忠について書いている私のブログを見て、手伝って欲しいと連絡が来て会った。映画が完成したら試写会で代々木さんに会えますよと石岡監督に言われ、私はそのとき、ただのファンとして会いたくない、会うなら、表現をする者として対等な立場になりたいと思って、本気で小説家を目指そうと新人賞に投稿し、映画が完成するのと同時期に第一回団鬼六賞大賞を『花祀り』で受賞した。『花祀り』のヒロイン「美乃」という名前は、代々木忠作品に出演していた、性に貪欲な渡辺美乃という女優から借りた。そして私は代々木忠に、二〇一〇年九月、第一回団鬼六賞大賞を受賞して二週間後、小説家として会うことができた。

代々木忠はかつて小倉で任侠の世界にいた頃、ストリップの興行も手掛けていた。本人に「A級小倉」のことを聞くと、「知らないなぁ。俺がいた頃の劇場はもう全部なくなっちゃった」と言われた。九州にはもう今はA級小倉しか劇場はない。中国地方は広島、四国は道後温泉、北陸は芦原、中部地方は岐阜にそれぞれ一館あるだけで、北海道と東北にはもうストリップ劇場はない。風営法の関係で、一度閉館してしまうともう建てられないらしい。

ストリップは最近、女性客も増えて賑わってはいるが、厳しい状況にある。だからこその刹那な空間に、私は惹かれて足を運んでいる。

夕方、A級小倉を出ると日は暮れていて、歓楽街のネオンがなおいっそういかがわしい光を発していた。正しいことばかりを押しつけられる息苦しい世の中だ。善と正義を掲げ、それに外れた人々を糾弾する声がネットや実社会にも溢れていて、しんどい。だからこそ、こういういかがわしい場所にいると心が安らぐ。

裸の世界に救われる人間は間違いなくいる。輝く太陽の下から逃げて、闇の中でしか息ができない人たちがいる。アンダーグラウンドな世界は社会からこぼれ落ちた人間を受け入れてくれる場所だ。私はずっと裸とセックスの世界のおかげで、生き延びてきた。

私は性の欲望に振り回され、金も仕事も失って死にたいと思い二十代を過ごしていたけれど、そんな私を救ったのは、過剰な性の欲望や興味を肯定してくれるアダルトビデオの世界だった。おかげで、かつて私をあれだけ苦しめた自分の性欲も男も、嫌いにならずにすんでいる。女に生まれてよかったと思っているし、自分を赦せた。

駅ビルの中の居酒屋で、ひとりでもつ鍋を食べた。仕事が残っているから酒は飲まないが、十分に幸せだ。小倉は食べ物も美味い。平日の昼間のストリップ劇場に人が溢れていたのは、窮屈な世の中だからこそ、裸の世界に辿り着いた人たちが増えているのではないだろうか。そこは、多くの疲れた人たちの逃げ場でもある、裸の女神がいる楽園だ。

駅の近くのストリップ劇場や大人のおもちゃ屋、成人映画館のある一角に佇むたびに、私の人生を方向づけたひとりのＡＶ監督のことを想い、世の中から「悪」として排除されつつある、いかがわしい世界によって自分は生かされているのだと、考える。
だから私は、またここに訪れる。
生きるために、猥雑な街のエネルギーを浴びに、小倉に来る。

いっそ、そうして誰かに殺されるほうが、
自死を選ぶより楽な死に方だと思っていた。

梅田

二〇〇一年頃

二〇二二年三月上旬、所用があり、私は大阪に行った。御堂筋線の梅田駅を降りて地下街を通り抜け、泉の広場から地上に出た。ここは、小説家になる前、バスガイドをしながら事務員をしていた会社に出勤するために、毎日通っていた馴染みのある場所だった。

かつて、その名の通り噴水があった場所には、キラキラと色を変えて光る人工の木が置かれていた。「〝水〟をイメージした水と木が合わさった生命の木『Water Tree』」というらしい。HPには、「ここは、今も昔もこれからも人が集う大切な場所。人が出会い、集まり、別れる、そんな起点となる場所に『生命の木』を立てます」とあった。

真ん中の噴水が人工の木になっただけではなく、リニューアルして周辺の店も変わり、全体的に目が覚めるほど明るくなっていたのは、照明器具もすべて新しいものにしたのだろう。

まるで別の場所のようだ。

かつて、ここに集っていた人たちは、どこに行ってしまったのだろうか。

人が集う大切な場所——確かに、その通りだ。

泉の広場から階段で地上に出ると、そこは歓楽街、風俗案内所やラブホテルが建ち並んでいる。少し北に行くと、関西のゲイタウンとして有名な場所もある。この付近の風俗案内所に勤めていた、かつて人気漫才師だった男性が過労死したのも記憶に残る。

広場は、出会い系サイトの待ち合わせ場所として、よく使われていた。階段を上がると、すぐにホテル街があるのは便利だ。待ち合わせ場所からホテルまで距離があれば、心変わりするかもしれない。ホテル街まで数分もかからない泉の広場は、簡単な挨拶をしてそのままホテルに入るのに、ちょうどいい場所だった。

私もそこで立っていると、何度も声をかけられた。「お茶でも」という人もいれば、「援助（交際）？いくら？」と、ストレートに聞いてくる人もいた。指を二本立てるのは、「二万円でどう？」という意味だ。おそらく出会い系サイトで約束はしたがすっぽかされた男が、欲望を持て余し、とにかく誰でもいいからと女を探しているのは想像がつく。

あの場所には、楽しげに恋人を待つのではなく、どこか不安を湛えた落ち着かない様子の男たちが、いつも立っていた。男だけではない。ある時期、毎日、階段に座り込んでいるオーバーオールの若くて太った女の子の姿があった。行き場所がないのか、大きな荷物を抱えて、ずっと携帯電話をいじくっていた。自分を買ってくれる男を探しているのだというのは、すぐにわかった。私が何度か声をかけられたぐらいだから、あの場所に行けば、すっぽかされてあぶれた男に出会えるのを期待して訪れる素人売春婦たちもいるだろう。

毎日、朝と夕方、あの場所を通っていると、なんとなく、そういう人たちがわかるようになる。友人や恋人と待ち合わせをしている人たちとは、表情や目が違う。己の欲望を抑えることができず、うしろめたさを抱えながらもそこに来ざるを得なかった男たちや、好きでもない男に金のために身を委ねる女たちの諦めなど、業が渦巻いていていた。

私も、あの場所に立っていたとき、そんな目をしていたのだろうか。


三十歳を少し過ぎた頃、私は泉の広場で立って、人を待っていた。

初めて会う人だから、いや、それ以上に、自分がこれからしようとしていることを考え、重い気分になっていた。初体験の相手の二十二歳上の男に望まれるがままに消費者金融に手を出して、数百万円の借金を抱えていた。誰に助けを求めることもできず、朝から晩まで働いていたが、利息ぐらいしか返済できず、どうにもならなくなっていた。まともに働いて返すのは、もう無理だと思った。

死ぬか、身体を売るか、その二択しか浮かばず、死にたくなかった私は後者を選んだ。けれど、美しくも若くもない私には、まず売れる場所がなかった。何度か面接に行ったが、採用されなかった。

もしも今、このインターネットが普及している時代ならば、いわゆる「地雷」と呼ばれるような、容姿に難のある女専門の風俗店も見つけられただろうけれど、当時はやはり若くて美しい娘にだけ商品価値のある世界だと思っていた。

そんな中でも、ひとつ面接してくれる店が見つかった。デリバリー・ヘルス、いわゆるデリヘルといって、ホテルに派遣されて射精させる風俗店だ。その店の経営者が指定した待ち合わせ場所が、泉の広場だった。

時間通りに、男は現れた。ヤクザのようないかつい男が来るかと思っていたら、全く違った。細身で、長い金髪の、一見、ミュージシャンか美容師のようだ。見るからにうさんくさくはあるけれど、ニコニコして腰が低く、怖いとは思わなかった。

当時、梅田の地下街にあった、「カンテグランデ」というインド風のカフェに入る。あとで知ったのだが、中津にある「カンテグランデ」本店は、ウルフルズのトータス松本がバイトしていて、バンド結成のきっかけにもなった有名な店だった。男にすすめられて、ラッシーとケーキを頼んだ。男が「ゴータマショコラ」というケーキを頼み、お釈迦様と関係があるんでしょうかと話をしたのを覚えている。普段、お金がなくて喫茶店に入ることも滅多になかったから、ケーキもラッシーもとても美味しかった。今まで関係した男たちと、こんなふうに堂々と喫茶店に入り、楽しい会話をしたことなど、一度もなかった。

話が終わり、「じゃあ、すぐにでも働けるように講習します」と、男が伝票を手にした。どうやら私は、採用されたらしい。歩きながら、「どういうことをするかってのを実践で教えます。あと……あなたは僕の好みなので、それ以上、やってしまうかもしれません」と、言われた。つまりセックスということか？　と、一瞬ビクッとはしたが、覚悟はしていたので、「はい」と答えた。今ならば、風俗経営者が講習で本番行為をするのはご法度だとわかるが、当時の私はあまりにも無知だった。初体験の男を含め、男はふたり知っていたけれど、恋人同士がするようなまともなセックスなんてしていなかった。ただ、射精させるだけなら、風俗と一緒だ。愛し合う者たちの行為なんて、私には一生縁がないものだと思っていた。だからこそ、「売る」ことを決めたのだ。

デリヘル経営者の男は、本業は別にあり、風俗はもともと自分が好きだったから半分趣味で始めたのだと言った。そしてホテルに行き、最初に言われた通り、講習の流れでセックスをした。全く嫌ではなかった。終わったあとで、私が自分にはほとんど性体験がなく、男もふたりしか知らないのだと言うと、ひどく驚かれた。

そのまま私は風俗嬢となるはずだったのだが……全く予想しなかった展開が起こる。メールのやり取りをしているうちに、食事でも行こうという話になり、そのままデリヘル経営者の男は、私の最初の恋人になったのだ。男とのつきあいは、私の借金が嵩み、実家に戻ってからもしばらくは続いたが、別れて、再会して、また別れた。それからは全くどうしているか知らない。彼が経営していた風俗店のＨＰだけはそのまま残っているが、更新はされていない。

泉の広場の「赤い服の女」の話を知ったのは、私が実家から京都に戻ったあとだ。

三十半ばで京都に戻り、私はバスガイドをやりながら、バスガイドを派遣する会社の事務職に就き、毎日、地下街を通り、泉の広場の階段を上がり出勤する生活が数年続いた。

泉の広場には、赤い服の女がいる。

その女は、生きている女ではない。

赤い服は、ホテルで殺された際の血が沁みついている。

ネット上に、その「赤い服の女」の話が、転がっていた。

大阪で有名な怪談話のひとつだった。そんな話が生まれるのももっともだと思うのは、毎日、通勤で通りながら、怯えを目の中に湛えながら人を探している男や女の姿を見ているからだ。きっと「赤い服の女」は、あの場所で男を待ち、買われ、そして殺された女なのだろう。赤い服の女の話を知ってから、私は毎日、朝と夜、彼女を探すようになったのだけれども、一度も見ることはなかった。

霊は、私の前には現れてくれない。けれど、あの場所に立っているとき、「いくら？」と、男に声をかけられる度に、実のところ、「赤い服の女」とは、自分自身ではないかと考えもした。私だとて、身体を売るつもりで、あの場所に立っていた。知らない男とホテルに入るなんて、殺されてもしょうがないという覚悟もあった。むしろあの頃は、いっそ、そうして誰かに殺されるほうが、自死を選ぶより楽な死に方だと思っていた。

私はあの頃、死にたかったのだ。

幸いにも、私はホテルで知らない男に殺されることはなく、未だに生きながらえている。

けれど、もしも、あのとき、私が、行き場がなく金もなく、自分を買ってくれる男を求めて、あの広場に立っていたならば——そう考えると、やはり、「赤い服の女」は、自分ではないか。

小説家になり事務職を辞めても、今でもときどき会社に顔を出すために、あの広場を通る。その度に、「赤い服の女」を探していた。けれど二年前に、泉の広場がなくなると報道され、工事が始まった。ニュースを聞いてまず考えたのは、「赤い服の女」、あの場所に集っていた人たちの行き場はどうなってしまうのだということだった。

工事が終わってから、初めてあの場所を通ったが、陰のない明るい空間と、キラキラ色を変えて輝く木のもとに、かつての私のような人たちの姿はなかった。

大阪万博が近づき、ここも明るく健全な街に、なっていく。

けれど、街の陰、人の欲望と闇は、消えはしない。場所を変え、存在し続ける。

いや、むしろ、行き場をなくしたからこそ、暗い欲望の吹き溜まりは、見えないところで深みを増しているはずだ。

あの赤い服を着た女は、まだどこかで佇んで、明るく健全な街で欲望に蓋をして綺麗ごとを吐く人間たちを、嘲笑っている。

私の「幸せ」は、
世間が言う「女の幸せ」では
ないかもしれないけれど。

道後

二〇一八年八月　二〇二一年一二月

お金を払いカップを受け取り蛇口をひねると、オレンジ色の液体が流れてきた。こぼさないようにと慌てて蛇口を締め、カップいっぱいのみかんジュースを一気に飲み干す。甘すぎず酸っぱすぎず、美味い。松山空港名物「蛇口から出るみかんジュース」を飲み終え、私はバスに乗り込んだ。

京都も暑いが、松山も暑い。どこに行っても、この暑さから逃げ場はないのだ。バスを降りて、道後温泉駅前に降り立ち、汗を拭く。夏目漱石の『坊っちゃん』で知られる四国、愛媛県松山市の道後温泉。駅前の「坊っちゃん時計」が時を告げる。道後に来たのは初めてだった。

二〇一八年の夏、道後温泉にある四国に唯一残るストリップ劇場「ニュー道後ミュージック」で、「怪談ストリップ」という催しがあると知って興味を抱いた。ちょうど、知人の「段ボール紙芝居師」飯田華子が出演すると知って、旅行の手配をした。ストリップと怪談の組み合わせでも不思議だが、そこに「段ボール紙芝居」が加わるのだ。飯田さんの昭和の情念籠る十八禁・エロ紙芝居は何度か観たことがあったが、それが「怪談」「ストリップ」とどう融合するのか見逃せなかった。

着いて早速、昼食に宇和島鯛めしを食べた。白ご飯の上に鯛の刺身、生卵、ダシをかける漁師飯が、美味くないわけがない。温泉に浸かりたかったが、混んでいる様子なので明日か今晩遅くにしようと、ホテルのチェックインまで時間をつぶし、またみかんジュースを飲む。

チェックインしたホテルの机の引き出しの中には、聖書ではなく『坊っちゃん』の文庫本があった。坊っちゃん時計に坊っちゃん団子、どこまでも坊っちゃん推しらしい。夏目漱石自身は、松山中学赴任時代のことをあまりよくは書いていないはずのに。道後に来る前に、久しぶりに『坊っちゃん』を読んだが、きっと坊っちゃんは童貞だろうと思ったのと、マドンナって嫌な女だなという感想を抱いた。

夕方になり、「怪談ストリップ」ののぼりが立てかけてある「ニュー道後ミュージック」に入場料を払い中に入る。先客は数人だが、平日だし、団体客はきっとまだ宴会をしている時間帯だから、こんなものだろう。

怪談実話風な凝った不気味な映像が終わると開始が告げられた。あでやかな着物姿の女が登場し、横たわる髑髏を愛おしそうに眺める。若くて愛らしい顔の踊り子で、着物を脱いだときに、丸くて形のいい乳房が露わになった。

舞い終えた踊り子がいったん引っ込み、写真撮影の時間で、再び登場する。何本ものヒモを巻き付けたような、露出の多い格好だ。客と写真を撮り終えた踊り子が、私のほうへ向いて、喋りかけてきた。

「あの、間違ってたらすいません。花房先生ですか？」

……びっくりした。松山まで来て、顔バレしてるとは、しかも踊り子さんに。

私は「そうです」と頷くと、彼女は「私、先生の本、読んでます！」と、笑顔になる。

彼女の名は「美月春」、渋谷道頓堀劇場所属の人気の踊り子だとはあとで知った。

小説家生活八年目、自分の読者の裸を目の前で生で見るのは初めてだった。しかもこんな、可愛い女の子がっ！

二番目に、飯田華子が薄手の襦袢を羽織り登場し、段ボールで「牡丹燈籠」の紙芝居を披露する。牡丹燈籠は歌舞伎でも観たことがあるが、死んだ女に取り憑かれた男が、毎晩死者とセックスし生気を失い死んでいくという悲しい話だ。死んだ女とのセックスって、あそこはちゃんと温かくて濡れるのか、避妊はもちろんしなくていいだろうけど、気持ちいいのか謎だらけだ。

外に出ると、コンビニの焼き鳥をくわえた飯田さんが立っていたので、「時間あったら飲まへん？」と声をかけ、ホテルの近くの海鮮居酒屋に入る。「なんでも食べてええで、おごるし」と姉さんぶってみて、嬉しそうに刺身を食べる飯田さんを眺めていた。

次の出番が近づき、飯田さんは劇場に戻った。私は劇場の隣の「飛鳥乃湯泉《あすかのゆ》」という新しくできた温泉に入る。夜遅いせいか、個室の休憩所も空いていた。温泉に浸かり、フルーツ牛乳を購入して繊細な水引細工が飾られた個室休憩所で浴衣のまま寝ころんだ。

それにしても、と考える。私はどうしてこう、裸やセックスの世界が好きなのだろう。もともと小説家になる前は、AV情報誌で書いていた。二十代、処女の頃からAVが好きで、AV情報誌を読み漁っていた。三十代半ばにブログでAVについて毎日のように書いていたのがきっかけで雑誌で書けるようになったのだ。そして「文章で身を立てたい」と思って小説家になった。

幾つか新人賞に応募して、たまたま団鬼六賞という官能小説の賞にひっかかり、思いがけずセックスの世界を書く小説家になった。そして性の世界を描きつつ、八年目にこうしてストリップにハマり、女の裸を追いかけるために全国を旅している。

もう五十に手が届こうとして、子どもを産めぬ年になろうとしているのに、裸とセックスの世界を乞う気持ちは年と共に強くなり、留まるところを知らず、自分でもたまに怖くなる。

いったいいつになったら、セックスから卒業できるのか。

なぜいつまでもこんなセックスや性欲に振り回され、裸の世界に惹かれる人生を送っているのだろう。若い頃に強く求めたのに手に入らなかったものが傷となり、その傷を自らえぐり続けているのか。けれどたとえばもう一度若い頃に戻れても、結婚し子どもを産み安定した生活を送り家庭を守るという、世間で「女の幸せ」とされているものへの憧れは一切ない。

私は性への興味が強すぎたのと、過剰な自意識で暴走したあげく、二十二歳上の男にサラ金で金を借りて渡してやっとこさの初体験をしたのが二十五歳、二十代は借金まみれ、三十代半ばまで、暴言を吐き続ける男やら、嘘塗れの既婚者やら、まともな男とつきあったことなどなかった。

自分が普通に恋愛や結婚ができないのは、人として、女としての欠陥があるから、私を好きになってくれる男などいないし、結婚などするべきではないと思い込んでいた。

セックスでついた傷を治すのは、セックスしかないのだと、最近ようやくわかってきた。私がこうして裸の、セックスの世界を追い続けて書いているのは、自らの欠損を埋める行為にほかならない。使命感や義務感などあるわけもなく、自分の快楽しか求めていない。

数日前、母と電話で話して、年の近い従弟に孫ができたと聞いた。同級生たちのほとんどは結婚し、母となり、その子どもも成長している。同窓会になんか、行けるわけがない。世界が違いすぎて話が合わないし、好奇心を剥き出しにされ見世物になるのもごめんだ。

私の「幸せ」は、世間が言う「女の幸せ」ではないかもしれないけれど、こうしてひとりで裸とセックスの旅をするのが、何より自分が今したいことだ。だから誰に何と言われようとも、今が一番幸せだ。

道後温泉の取材は、「道後でマドンナと呼ばれるストリッパー華子」に、東京から来た童貞の青年が、「勃起してるから、あだなはボッちゃん、勃起のボッちゃん」とあだ名をつけられる小説を書いて、

『ボッちゃん』というタイトルで小説新潮に掲載され、『ゆびさきたどり』という短編集に収録された。とりあえず、夏目漱石には「ごめん」と謝っておいた。

その後も、すばらしい表現力で、ステージを見るたびに驚かせてくれた美月春は、二〇二一年にストリッパーを引退した。

けれど今も、名前と場所を変え、「春 theBLUEFILM」として舞台の仕事は続けている。

*

美月春が引退した年の冬、私はふと勝谷誠彦の著書『色街を呑む!』を読み返した。これは元気だった頃の彼が、全国の「色街」の飲み屋を訪れたエッセイ集だ。道後には何度か足を運ぶようになったけれど、この本に登場する「松山ネオン坂」は未踏だと、次のストリップ鑑賞のついでに向かうことにした。

彼がアルコール依存症により身体がボロボロになり、死んで三年が経った頃だった。

道後温泉本館に続く商店街を歩く。コロナの影響か、シャッターが下りている店も多い。コロナもあるが、道後温泉本館が改修工事中なので、どうしても客足が鈍いのかもしれない。工事中でも入れる風呂はあるが、あの迫力ある外観は見られない。

道後温泉本館を目指すと、目の前に数種類の絵具をぶちまけた巨大なものが見えた。なんだこれはと思ったが、どうやら道後温泉本館を改修する間、「アート」で覆い隠しているらしい。しかし正直言って、「アート」というものが、ほとんど私は理解ができない。改修工事中とはいえ、道後温泉本館の、あの風情のある建物を剥き出しにしてもいいんじゃないか。逆に景観を壊しているようにしか思えなかった。せめて坊っちゃんゆかりの絵にするとか、子どもや老人にもわかりやすいものにしたらいいのに。

本館をぐるっとうしろにまわり、坂を上ってく。

道路の両脇に、古い旅館らしき建物が幾つかあった。

おそらく、この辺りからだ。

『色街を呑む！』には、「巨大な虹の形のアーチ」が色街の入り口として登場するが、それらしきものはない。そしてそう長く歩かずに、勝谷誠彦が「堂々たる山門と石段が見てとれる」と描いた、時宗の開祖・一遍上人の生誕地である宝厳寺が見えた。

石段を上がり境内に入ると、正岡子規の「色里や　十歩はなれて　秋の風」と刻まれた句碑があった。これは、勝谷誠彦が描いた様子と、同じだ。

人気のない境内の正面に本堂があり、椿の花が咲いていた。二〇一三年に火災で全焼し、二〇一六年に再建されたものなので、新しい。

『色街を呑む!』の単行本は二〇〇三年に刊行されているから、勝谷誠彦がここを訪れたときに見た本堂は、もう残ってはいないということか。

上ってきた石段を下り坂道へ戻る。来たのと逆方向に歩いてみるが、『色街を呑む!』で勝谷誠彦が入ったバーらしきものも、どこにも見当たらない。バーだけではなく、この辺りがかつて色街であったという痕跡は皆無だ。

道なりにずっと今度は坂を下りるように歩くと、道後温泉駅前に出た。なるほど、ここにつながっているのかと考えながら、振り向く。やはり、色街の名残は、ほぼない。しいて言えば、入口付近にあった古い旅館ぐらいだろうか。

勝谷誠彦の文章だと、そこはまだ現在進行形で「商売」があったようだけど、今は全くそのような様子もない。この二十年で、「色街」は完全に消えてしまったのか。

私は再び駅前から商店街を歩き、宿に向かう。商店街の突き当りを右に行くと道後温泉本館だが、左に行くと「椿の湯」「飛鳥乃湯泉」そしてニュー道後ミュージック、その向こうに「道後ヘルスビル」と書かれた大きな建物がある。その名の通り、このビルは、幾つもの風俗店が入っている建物だ。

つまりはかつて、夏目漱石や勝谷誠彦が書いた「ネオン坂」はもう色街ではなくなっているけれど、別の形で残ってはいるということか。風情はないけれど、この露骨な名前や建物も、嫌いじゃない。

私がチェックインしたホテルは、ヘルスビルの近くだが、何度も泊まっている古いビジネスホテルだ。最初に宿泊したときに、気づいた。おそらくここは、かつてラブホテルだったのだろう。部屋の広さに比例せず、風呂が大きく、浴槽の色が赤と派手だ。エアコンが利きにくいのが難だが、何しろ値段も安く、ついついここを使ってしまう。

夜になって劇場でストリップ鑑賞をして、温泉にも浸かってから、もう一度、ネオン坂に向かった。夜になったら、勝谷誠彦が入ったバーが、見つかるかもしれないとも思ったのだ。

人のいない、道後の商店街を抜けて、昼間と同じように道後温泉本館の裏手の坂を上がっていく。けれど、やはり真っ暗で、開いている店などなく、そこには静かな寺の気配があるだけだった。

やっぱり彼が訪ねた色街は、もう完全に失われてしまったのだ。

『色街を呑む!』のラストに登場する「A島・売春島」とも呼ばれた三重県の島は、コロナ禍で訪れる客が減ったこともあり、最後の「女」が、島を去ったと聞いた。尼崎の「かんなみ新地」も摘発され、その歴史を終えたと報道された。

色街が消えるのを、喜ぶ人もいるだろう。街が健全になった、と。けれど、行き場をなくした欲望たちは、どこへ行くのだろうか。街の一角が健全になっても、欲望は消えない。受け止める人をなくした欲望は、歪んだ形で存在し続けるとしか思えない。

そもそも健全な場所には生きていられないと、不健全なものを描き続ける作家である私は、息苦しさを感じながら宿に戻った。

月だけが、道後の夜を照らしていた。

どうしてあんな醜い女が
男たちからの金で働かずに生きられるの。

別海

二〇一四年一二月

ハロウィンのバカ騒ぎが終わると、街は一気にクリスマス色が強くなってくる。店に入れば山下達郎の歌が流れ、美容院で手にとる女性誌はクリスマスコフレ、彼氏におねだりしたいクリスマスプレゼントの特集、赤と緑の鮮やかな装飾に彩られた街は、一気に浮足立つ。ホテルやレストランは予約でいっぱいで経済効果は大きいし、楽しみにしている人は多い。

二〇一四年のクリスマスイブ、そんな華やかさとは無縁の場所に私はひとりでいた。北海道の、別海町――北方領土を望む、酪農や漁業で知られる町だ。前日に日本最東端の空港である中標津空港に降り立ち、中標津のホテルにチェックインし、翌朝バスで移動して別海町に来た。バスの車窓から広大な牧場の景色が続く。気温は氷点下なのに、京都より寒くないと感じたが、雪は積もっていた。

白い別海の町を、歩いた。ある女の育った家、祖父の事務所、女が通っていた高校――バスの本数も少ないので、雪道をひたすら歩いてめぐった。

私は兵庫の北部の雪深い地域に生まれ育ち慣れているはずなのに、何度か雪で滑って転んだ。何もない街だった。喫茶店やファストフードがないので休むこともできない。車で遠くまで行けば、何かあるのかもしれないが、少なくとも女が住んでいた付近は、その町の中では賑やかな場所であるはずなのに、人の気配もほぼなかった。私の故郷に似ていると思った。何もない、ここには何もない、早く出たい――子どもの頃からそう思っていた。居心地が悪くてたまらなかった。

私がこの道東の町まで来たのは、東京拘置所にいる女について知りたかったからだ。首都圏連続婚活殺人事件――二〇〇九年に複数の男性から多額の金銭を受け取り殺した女は、当時話題の的だった。

人々が事件に注目したのは、その女の容貌だ。多くの男に愛され結婚を望まれ金を搾取した女は、太った醜い容姿だった。男たちは「あんなブスが愛されるわけがない、よっぽどあっちのテクニックがいいんだ」と嘲笑し、女たちは「どうしてあんな私より醜い女が何人もの男に結婚を望まれ、男たちからの金で働かずに生きられるの」と嫉妬混じりの恐れの感情を抱いた。その女――木嶋佳苗に取り憑かれた者は多く、次々に関連図書も出版され、ドラマ化もされた。

私は世間並の関心しかないつもりだったが、ある三十代の女性編集者が、木嶋に取り憑かれていた。彼女のことをどうしても考えてしまう、なんであの女は多くの男を魅了したのか、そして殺したのか――彼女の依頼で、私は木嶋佳苗を書くために、北海道に行った。クリスマスイブと重なったのは、旅行代金が安かったからだ。それに、友人や家族と楽しくクリスマスを過ごそうなんて考えもなく、むしろ殺人事件の容疑者の故郷に行くほうが自分には合っていた。

クリスマスイブのディナーは、スーパーで購入した寿司だ。外食できそうな場所も見つからず、ホテルでパソコンを開きながら寿司をつまんだ。

女の故郷は広く、かつて私が「何もない」と思っていた自分の田舎以上に、過ごせる場所もなく、私はひたすら女のことを考えていた。女はこの町に住んでいた高校生の頃、窃盗事件を起こしたり、男とホテルから出てきて「売春をしていた」とも言われていた。こんな田舎で高校生が売春するのは、ひどく罪深い気がした。

女は裁判が始まると、再び話題の人となった。法廷での「名器自慢」「セックス自慢」発言が赤裸々に飛び出したからだ。人々は女を嘲笑し、嫌悪感を抱いた。けれどももし彼女が美人であれば、いや、人並みの容貌であれば、ここまで注目を浴びなかったことは間違いない。美しくない女が、多くの男を虜にし、金を搾取し、自分の性のテクニックがどれだけ素晴らしいか法廷で堂々と述べたから、彼女は注目され、スターになった。

のちに彼女は拘置所内からブログという形で発信していく。殺人事件の容疑者とは思えない、明るくユーモアに溢れる内容だった。ブログの中でも、のちに出版された自叙伝でも、彼女の姿勢は変わらない。男に愛される私の楽しい生活——が綴られている。本人の妄想とは言い切れないのは、拘置所内で三度も結婚したからだ。彼女はお姫様だった。多くの男に崇拝され、愛され、求められた。死刑が確定した後も、「夫にシルク100%のソックスいっぱい買ってもらっちゃった!」「元気の秘訣は恋愛!」と、惚気る。

木嶋佳苗の自叙伝のタイトル『礼讃』は、男たちに礼讃される自分だ。どうして彼女は美しくないのに自分をここまで愛することができるのだろう。私とは全く違う世界の女だ。私は木嶋とは真逆だ。容姿のコンプレックスが根深く、周りの「女の子」が当たり前にできる振舞いが苦手だった。自分なんて一生、男に相手にされないと思っていた。そのくせ性に関する興味が強く男が好きで、処女なのにAVを借りたり、エロ漫画を購入したりしていたけれど、そんなこと誰にも言えなかった。自分のような醜い女は誰にも愛されないけれど、男を知りたくて、知人だった二十二歳上の男相手に処女喪失したのは二十五歳のときだった。男は私の劣等感を熟知し、そこにつけ込んだ。

それからいろいろあって京都に戻り、小説家になり結婚もしたけれど、金を渡さないと抱かれない、価値のない女だという劣等感は未だに残る。男に求められることでしか自分の価値を得られない愚かさは、小説家になることにより薄れはしたけれど、愛され求められ幸福な恋愛をし、お金に困ることもなく楽しい青春時代を送ってきた女たちを見ると、ふと封じているはずの暗い穴に落ちて未だに息が苦しくなる。

醜い容姿だから愛されないのだ——そう思い込んで劣等感を増幅させていた私にとって、木嶋佳苗という存在は脅威ではあったが、大人になればなるほど、ああいう女はどこにでもいるのにも気づく。自分を肯定し、褒めたたえ、素晴らしい存在なのだと思い込む——確かにそれは必要なことだけれども、度を過ぎて客観性を失った自己肯定は、ときにモンスターを生み出す。他者が存在しない、自分だけがお姫様の世界に生きる女を。お姫様は共感能力が欠如しているから、人も殺せるし、金も奪える。罪悪感など、そこにあるわけがない。

結局のところ、木嶋佳苗が男たちを殺した動機ははっきりしないままだ。以前、木嶋の支援者が書いていたブログには、男たちは皆、自死だと書かれていた。何のために？　お姫様に恋焦がれていた男たちが自ら命を絶つ理由は、わからない。ただお姫様は、自分を手に入れられなかった男たちが苦しんで恋に死んだと世間に知らしめたいのだろう。

　別海町への旅が終わり、私は中標津空港の食堂でイクラ丼を食べた。せっかく北海道に来たのだから、北海道らしいものを食べておこうと思った。木嶋佳苗をモチーフにした小説は二〇一五年に『黄泉醜《ヨモツシコ》女《メ》』という、古事記に登場する地獄の女鬼の名前を借りて扶桑社から出版された。主人公は、性を描くがゆえに、その醜い容姿を「ブスがセックス書くな気持ち悪い」などと中傷される劣等感の強い中年の女の作家——つまり私だ。醜い容姿で男から愛され金を搾取した連続殺人事件の犯人について、その作家が調べていくというストーリーだ。のちに『どうしてあんな女に私が』と改題されて、幻冬舎から文庫化された。

木嶋佳苗は死刑判決が確定し、ブログの更新は停止している。

クリスマスの音楽が流れ、街がイルミネーションで彩られる季節になる度に、あの北海道の、東の果ての町をひとりでひたすら歩いたことを思い出す。

自分の醜さにあがき、愛してくれと餓鬼のように飢えていた過去と、あの広大な、別海の景色を。

四十歳なんて、水の中で息を止めるように、
一瞬だけ我慢して、乗り越えたらよかったんだよ。

渋谷

二〇一七年三月

ＪＲ渋谷駅ハチ公前の改札を抜けると、人の多さにいつもひるむ。人混みが年々しんどくなってきた。前が見えない、歩きにくい、息苦しさを感じる。人の間をすり抜けてスクランブル交差点を渡り、渋谷１０９の左側に沿って歩いていく。道は次第にゆるい坂となり、踏みしめるように進む。渋谷には何度も来ているし、道玄坂も数えきれないぐらい歩いているはずなのに、未だに地図を見ないと行先を間違える。

百軒店のアーチをくぐるように坂を上がる。右手にはひときわ目立ったネオンが目に付く。道頓堀劇場という名のストリップ小屋だ。どうして大阪の道頓堀という地名がつけられているのか謎だったが、道玄坂劇場とするところを手違いで道頓堀になってしまったとか、当時は関西の演芸が興隆していたので大阪の地名にあやかったという説もある。

道頓堀劇場の傍を通り過ぎると、ラブホテルが幾つか視界に入る。渋谷円山町、花街だった一角に、足を止める。背の高い、唇に紅をさしたお地蔵様が佇んでいる。かつて、このお地蔵様の前に立って客を引いていたひとりの女がいた。慶応大学を卒業し、一流企業に総合職で入社した彼女は、いつからか身を売り、殺された。客であったネパール人の男が逮捕されたが、冤罪だと確定し釈放され、事件は未解決のままだ。

エリートＯＬは退社後、かつらをかぶり、濃い化粧を施し、最初はデリヘル嬢として働いていたが、のちにフリーで客を引く立ちんぼとなった。具が少なく汁多めのコンビニのおでんを道端ですすり、脱糞でラブホテルを出禁になるといった奇行も伝えられ、最後には三千円で身体を売っていたという。年収一千万円以上だったと言われている彼女の売春の動機は、自分の肉体を金銭に換算することにより、「女」であることを確かめたかったのだろうか。だとしたら、いくらなんでも安すぎる。

「東電ＯＬ殺人事件」は一九九七年に起こり、ちょうど二十年後の二〇一七年、彼女が殺された三月九日に、道玄坂、円山町と、東電ＯＬの足跡をたどっていた。事件当時は私も若く、世間の騒ぎとは裏腹に、たいして興味があったわけではなかった。けれど週刊文春に連載された、この事件を題材にとった桐野夏生の小説『グロテスク』を読み、それから深くのめり込んでいった。

今、思うと、彼女が亡くなったのは三十九歳で、若すぎることに驚く。三十九歳なんて、まだ子どもを産める年齢で、女としては綺麗で楽しい時期のはずではないか。どうして世間の多くの女たちのように、楽しい恋愛、幸せな結婚を求めず、安い金で身体を売り、殺されたのだろう。事件後にはこの地蔵の前には手を合わせる女たちが後を絶たなかったという。エリートでありながら、女であることに苦しみ、満たされず、売春することで己の欠乏を埋めようとした彼女に、何を見たのだろうか。

「読み終わってどうしようもなく重苦しい気分になりました」

私がすすめた『グロテスク』について、そう感想をくれたAさんは、二〇〇五年、私がまだ小説家になる前、ブログを書いていたある時期、毎日のようにメッセージのやり取りをしていた女性だ。きっかけはあるAVライターが、彼女と私のブログを読んで、「似てる」と彼のブログに取り上げたことだった。

私より年齢が五つ下のAさんは、九州から大学進学で上京し、学生時代にドキュメンタリーのAVを見て、その世界にのめりこみ、エロ本の出版社に就職し、その頃は独立してフリーランスのAVライターになり、ブログを始めていた。AVについてのみならず、自身の女としての劣等感や、AVという男性社会で女であることの生きづらさを綴った彼女のブログは、話題になりかけていた。私も二十代の頃、ドキュメンタリーAVに衝撃を受け、ブログに度々AVについて書いていたという共通項があり、そういう意味では確かに「似てる」かもしれない。その頃は、まだAVが好きだと公言する女も、今ほどいなかったし、見ている人も少なかった。

メールだけのやり取りだけだからこそか、彼女は自分の恋愛を正直に書いてくれた。結婚できないなら養女にしてくれと懇願したほど好きだった、複数の女と関係を持ち、彼女の友人にまで手を出して彼女を苦しめた妻子ある男との恋を、「自分を大切にしたい」と終わらせたこと、別れるきっかけになった、彼女を一途に愛してくれる新しい恋人、その恋人と結婚も考えていたけれど別れたことなども。彼女はそのように、「自分を傷つける男」「愛してくれる男」との狭間を繰り返し漂っているようだった。メールの中のAさんは、少々エキセントリックなほどに恋愛に振り回されながら理想の結婚に焦がれ、東京という街で人生を楽しむ、普通の女の子だった。

その後、やり取りは途絶え、私は小説家になり、Aさんは女としての自信のなさからくる劣等感と、自意識に煩悶するエッセイ集を出版し女性たちの共感を呼び、努力して磨いた容姿も注目され「美人ライター」と称賛され世に出た。彼女は東京で過剰な自意識を抱え、女である自分に居心地の悪さと生きづらさを感じながら、恋愛やセックスに悩み苦しむ文章を書いて共感を呼び、女性たちの憧れの人となり、多くの媒体で執筆しメディアにも姿を現した。

「私は劣等感が強いせいか、女友達がいないんです」と、かつてメールに書いていた彼女は、著名な女性たちとも積極的に交遊し、私がメールのやり取りをしていた頃の男性社会で自分を持て余しているAさんとは別人のようだった。彼女のインスタは、自分の魅せ方をよく知り、アクセサリーや洋服や食べ物すべてがおしゃれで「女子たちの憧れの女性」にふさわしくキラキラと眩しくて、やはり私の知る彼女ではなかったが、その「キラキラ」は、彼女が自分の中の脆く弱い部分を覆い隠して守っている強固な鎧のようにも思えた。有名になったあとの彼女の文章は、よく「赤裸々に自分を曝け出す」と評されたけれど、私にはそうは思えなかった。

仕事に恵まれ、皆に美貌と才を賞賛されたAさんがかつて抱いていた欠乏は、本来ならば埋められていたはずだった。けれど世に出てからの彼女の文章は、いつも苦しそうだという印象を受けた。Aさんは、愛されることを強く欲して、努力と才能でたくさんのものを手に入れたけれど、彼女の欲望の底には穴が開いていて、すべてそこに吸い込まれ、満たされないまま苦しみ続けているように見えた。自分の内面を抉り、欠乏を文章にし、人の感動を誘ったが、それは自傷行為に近い。自分を傷つけてものを書くやり方は、よっぽどタフじゃない限り、その痛みに年と共に心身が持たなくなる。

四十歳の誕生日には彼女は美しく着飾り白いドレスを纏い、友人たちを招いてパーティを開いた様子をネットに上げた。年齢に負けない、美しく強く前向きに戦っていく女性の姿がそこにはあって、多くの人が称賛と羨望の眼差しを向けた。

誕生日を迎えて間もない二〇一六年の秋、彼女が急死した。自宅マンションで事故死と発表され、世間は悲しみ嘆いた。私は東京のホテルで、その一報をネットで知り、最近は遠ざかっていた、彼女が書いたものを読んでいったが、亡くなる前の彼女が書いたものには、「死」の影があまりにも濃く、まるで彼女は自分の文章に引きずられるように亡くなった気がしてならなかった。そこには必死に自分の中の負の存在と、死の影から逃れようとするAさんの姿があった。

自分を痛めつける複数の女と関係する男と離れ、結婚を考えていた自分だけを愛してくれる男とも別れた理由を「幸せになったら、私は書けなくなる」と言った彼女が求めていた「幸せ」は、なんだったのだろう。美しくなり有名になり多くの人に称賛され愛されることならば、彼女はそれを叶えていたはずだ。彼女は年を取るのが怖かったのだろうか、とも考えたけれど、結局のところ、他人には何もわからない。

ただ、四十歳の誕生日を迎えてすぐに亡くなった彼女の死で、私は東電ＯＬを思い出した。もちろん、全く違う生き方ではあるし、Ａさんは事故死で、東電ＯＬは殺人事件の被害者だが、「女であること」に殺されたのだと、ふたりの死が重なった。彼女の死に嘆き悲しみ、彼女が残した文章を読み返す女性たちが、円山町のお地蔵様に手を合わせる女のように見えた。

もっと、いい加減に、不真面目に、ずるく、したたかに、図太く生きればよかったのに。その頃、五十歳が見えてきた私だとて、女であることに執着はしているけれども、そこに苦しみはなかった。でもそれは、きっと私が「若くない」、ババアと言われても反論できない年だからだ。執着する若さや美しさも、最初から私は手にしていなかった。ないものに、しがみつこうとは思えない。

若く悲劇の死を遂げた女たちは、生きている人間により作られた物語の中で美しく崇高な存在になり、記憶に残る。「憧れの人」のまま、崇められ続ける。死にそこなった女は、腐臭を発しながら醜く老いていく。私はこれから、女のままで、どんどん醜さを曝け出していくだろう。

唇の赤いお地蔵様のところからまた少し歩き、階段を下ると電車が走る音が聞こえてくる。踏切を渡り、半地下が居酒屋になっているアパートの一階、道路の手前の部屋の前に立つ。電気はついてない、窓の奥にはひたすら重い闇が広がる。事件から、二十年以上経っているのに、この部屋はまだあった。何度か来ているけれど、いつも息苦しくなる。女は、ここで殺された。性交のあとに、首を絞められ、死んだ。犯人はまだどこかに生きているのだろうか。

四十歳なんて、水の中で息を止めるように、一瞬だけ我慢して、乗り越えたらよかったんだよ、自分を苦しめ痛めつけるものと、まともに向き合わなくていいのになんて考えるのは、無責任な女の言い分だとは、承知している。

この街に来るたびに、赤い口紅が欲しくなる。あの地蔵が塗っていた、赤い紅で自分の唇を染めたい。殺されてたまるかと、紅を塗りたくった口で叫びたい衝動を抑えながら、私は女たちの死に導かれないようにと歯を食いしばり渋谷を歩く。

私は長い間、ラブホテルでしか
セックスをしたことがなかった。

姫路

二〇一九年六月

「私、ラブホテルでセックスしたことがない」

「ラブホテルに行ったことがない」

そう言える人は、幸せだ。お互いの部屋でセックスができるのだから。私は長い間、ラブホテルでしかセックスをしたことがなかった。相手が妻や他に本命の恋人がいる人であったり、お金が介在する関係であったり、そんな人に言えないうしろめたいつきあいしかしてこなかった。

ひと昔前に、メディアなどでよくラブホについて調査して学者と対談したり文章も書いていた女性が「私自身はラブホテルをセックス目的で使ったことがない」と発言していたので、本当なのか聞くと、「だって汚い感じするじゃないですか」と答えられ驚いたことがある。たくさんの人がセックスした場所だから汚い、と言うのか。そこでしかセックスしたことがない私も汚いと言われているような気がした。あなたのような、当たり前に愛されることしか知らないお嬢さまは、ラブホテルでしかセックスできないような女は想像もつかないんですねと言いたくなった。

二〇一九年六月、久しぶりに姫路駅に降りた。兵庫県姫路市、瀬戸内海に面して、国宝の姫路城があることで知られている町だ。改修工事を終えた姫路城を見たかったのもあるが、気になっていた場所に行ってみたかった。

兵庫県の日本海側、豊岡市の田舎で生まれ育った私は、高校時代、部活の大会が明石で開催された際には、帰る電車の本数が少ないので姫路駅での乗り換え時間が長く、当時豊岡にはなかったロッテリアやミスタードーナツを、部活のみんなで食べるのが楽しみだった。

高校を卒業して京都の大学に入ったが中退し、初体験の二十二歳上の男の頼みで消費者金融で借金を重ねたあげく生活が破綻し、私は三十歳を過ぎてから地元に戻った。その頃は、二十二歳上の男とは縁が切れて、大阪に彼氏がいた。

金を搾取することしか考えていなかった初体験の男と違い、初めて私のことを好きと言ってくれる「恋人」だった。一度離婚歴のある金髪の男で、本業の輸入関係の仕事とは別に風俗店の経営もしていて、私は借金の返済のために面接に行った際に、「講習」と言われて関係を持ち、なぜかそのままつきあうことになったのだ。

地元に帰り、その恋人と離れ離れになってしまったが、月に一度だけ姫路で会っていた。大阪に住む男と、豊岡との中間地点が姫路で、男は東海道線を新快速で来て、私は播但線を使うか、車で一時間半かけて姫路に行く。そしていつもまずホテルに行き、その日のうちにお互い家に帰った。男は何をしているのかいまいちよくわからなかったが忙しく、泊まる時間などなかった。

姫路でいつも使っていたホテルは駅から徒歩十分ぐらいの場所にあり、部屋はどこも和が基調で、エロ漫画が並んで、壁には手書きのエロ川柳が掲げてあった。部屋により内容が違うので、ホテルの経営者の趣味で書いているものだろうか。そしていつも「ちょっとプレゼント」と、百均で買ったらしき、ミニタオルなどがベッドの脇に置いてある。このホテルを好んで使っていたのは、食事がいいからだ。無料のサービスで、豚汁とおにぎりのセットがあり、豚汁の豚は、ブロックを使い、具はシンプルで豚しか入っていないが、未だにあれより美味い豚汁は食べたことがない。恋人が、そのセットを気にいって必ず頼んでいた。

彼とは、その後、お互い多忙で会えなくなり、メールの返事もほとんどなくなって、私はもう終わったものだと思っていた。のちに私が京都に戻ってきたときに一度再会したけれど、うまくはいかず、「二度と会いたくない」とまで言われて別れてそれきりだ。

初めての恋人だったはずなのに、彼の大阪の部屋には一度も入ったことがない。「女友達とルームシェアしていて、お互いの彼氏彼女は入れない約束だ」と言われていた。けれど友達とホームパーティの話をするので、なんで友達はOKで、私はあかんの？　女友達とルームシェアなんて怪しくないか？　と疑問だらけだった。教えてもらった住所に郵便物を出したけれど、戻ってきたり、たまに数日連絡がとれなくなってしまうこともあった。

だいぶ後になって、友人たちにその話をすると、「それ、騙されてたんだよ。結婚してたんじゃない、その人。名前だって、本当かわからない」と言われて、いろいろ腑に落ちた。冷静に考えると友人たちの言う通り、騙された可能性が高いけれど、不思議なことに全く恨んではいない。たとえ嘘だらけの人であっても、一緒にいるときは愛してくれたし楽しかったからだ。

その男といつも行っていた姫路のラブホテルがどうなっているのか、確かめたかった。あれだけ通ったのに、私はホテルの名前を記憶しておらず、インターネットで「豚汁のあるラブホ」など検索していても、全く出てこない。住所も把握していなかった。だから実際にまた行ってみるしかないと思ったのだ。

久しぶりの姫路駅は、昔の面影など皆無で、すっかり綺麗で近代的な建物となっていて驚いた。駅を出ると、目が覚めるほど真っ白になった姫路城が遠くにそびえる。姫路城は別名「白鷺城」とも言われているけれど、今の姫路城は白すぎてまぶしい。

私は記憶を頼りに、ホテルがあったはずの西へ向かう。駅だけではなく駅周辺もすっかり変貌しているが、しばらく歩くと覚えのある廃線になったモノレールの柱があった。確かすぐそばに川があったはずだ……とその方向に行くと、二軒ラブホテルがある。一軒は、チェーンのラブホテルで、まだ新しい。もう一軒の古いホテルを眺めたが、壁の色が違う。ここだったんだろうかと、目の前のホテルの名前を検索して写真を見るが、中身は普通のシンプルなホテルで、かつて私が恋人と通ったような遊び心のある部屋は見当たらない。経営者が変わって改装したのだろうか、何しろあれから十年以上経っている。私は元の道を引き返し姫路駅へ戻った。

駅前の「みゆき通り」という大きな商店街はそのままだった。商店街の果てまで行くと、間近に姫路城が見えた。姫路城といえば、徳川家康の孫であり、豊臣秀頼の妻であった千姫が、豊臣家が大坂夏の陣で滅亡したあと、本多忠刻に嫁ぎ、姫路城主となった夫と共に一時期住んでいた場所だとしても知られている。再び夫に死なれた千姫は、女ざかりを持て余し、手招きして男を引き入れご乱行に及んだという千姫淫乱伝説が江戸時代に語られているが、もちろん完全なでっちあげだ。姫路の土産物は、その千姫の名前を冠したものも多い。

疲れていたので、城に上るのは断念して、姫路で一番古いという喫茶店に入り、最近の姫路名物らしきアーモンドトーストを食べ、そのまま予約していたビジネスホテルにチェックインして泊まった。

「ラブホテルじゃないとセックスできない関係」しか築けないことにうんざりしていたはずなのに、私は結婚してから、あの空間が恋しくて、ひとりでたまに行くようになった。風呂は広いしアメニティは充実しているし、何より非現実的な空間が落ち着く。

私の初体験は京都岡崎のラブホテルで、トイレに鍵がかからないのと風呂がガラス張りなのが衝撃だった。それからいろんな男とラブホテルに行ったけれど、郊外のホテルのほうが遊び心があって面白い。京都南インターチェンジ近くでは、部屋にメリーゴーランドのあるホテルもあった。滋賀県の守山、琵琶湖沿いのホテルは、部屋にビリヤード台があるほど広かった。入ったことはないけれど、前を何度も通った福知山のホテルは「ケーキバイキング」を売りにしていた。今はもうないけれど、京都の北のほうのラブホでオートテニス場つきのラブホもあった。友人は同じラブホテルのプール付きの部屋で初体験したらしいが、「せっかくだから泳いだよ」と言っていた。

工夫をこらしたエンターテインメントなセックス空間が、年を経ると共に愛おしくなる。かつて、うしろめたい関係の男たちとしかセックスできなかったけれど、それでもラブホテルに入るのは楽しみだった。生殖を目的としないセックスは、快楽を伴う娯楽なのだから、非日常の空間でのセックスしかできない自分を、そんなに卑下しなくてもよかったのだ。ラブホテルでセックスしない、ラブホテルに行ったことのない人たちよりも、私のほうが人生を味わっている。

ラブホの記憶は、男の記憶だ。愛した男、ただ金だけの関係の男、友人だったはずなのに酔った勢いでやってしまって後悔しか残らない男、コンドームを拒否され中断した男、いろんな男との記憶。ホテルの部屋に入ると、普段、忘れている過去が蘇る、いいことも、悪いことも、嬉しいことも、悲しいことも。ラブホテルは記憶の鍵だ。

姫路で一泊した翌朝、戦後の食糧難の時代に生まれた中華麺と和風ダシの姫路名物「えきそば」を食べてから新快速電車に乗って京都に帰った。

かつて遠距離恋愛していた恋人と会っていたラブホテルの豚汁とおにぎりを食べ損ねたなと思ったけれど、一緒に食べた男の顔はとっくに忘れているのに気づいた。

暗鬱な日常から自分を救ってくれるのは、
セックスだけのような気がしていた。

城崎

二〇二一年九月

城崎にて。

志賀直哉の小説は、山手線で怪我をした主人公が、療養で兵庫県の城崎温泉で過ごす物語だ。コウノトリが怪我を癒していたともいわれる城崎温泉は歴史も古く、全国的に知られている温泉地であり、コロナ禍までは人も多く訪れていた。

城崎温泉は私の故郷、兵庫県豊岡市にある。

子どもの頃から、祖父に連れていってもらったり、高校の同級生や先輩後輩がいるので遊びに行ったり、馴染みの深い場所だった。バスガイドの仕事でも来たことはある。駅前から続く温泉街はコンパクトで、歩きやすい。川沿いの柳の木が風情をかもしだしている。土産物屋や海産物の店、最近は若い人向けのおしゃれなカフェなどが並ぶ。

数年前に、帰省ついでに城崎温泉に来て、すっかり「観光地」となった様相を目にしたときは、少し冷めた目で眺めてもいたものだ。城崎温泉だけではないが、温泉地は猥雑さを失う替わりに、アートや萌え絵のキャラクターが現れる。それが時代の流れなのだろうけれど、私にとっては居心地が悪い。だから、正直、興味もなかった。

それなのに、二〇二一年の九月に城崎に宿を予約したのは、コロナがきっかけだ。兵庫県にも緊急事態宣言が出てきて、城崎もすっかり人の姿が消えた。人のいない温泉街の写真を見て、そういえば、城崎にプライベートで泊まったことがないなと考えた。実家が近いから、敢えて泊まる機会もなかったのだ。人のいない城崎なら、ゆっくり歩いてみたいと、九月の末に、帰省したついでに母の車で城崎温泉に向かった。豊岡を流れ日本海に続く円山川の堤防沿いをひたすら走る。父が仕事で城崎に行くことが多く、子どもの頃に何度か同行したのもあり、見慣れた光景だった。

駅前で車を降り、私はひとり温泉街を歩き始めた。人がいないし、店がほとんど閉まっている。早めに行って、カフェでスイーツでも食べてみようかと考えていたが……甘かった。チェックインまで時間があるのに、することがない。仕方がないからと、温泉に入った。城崎には七つの外湯があり、ひとつが休みになっていたが、残りの六つの外湯にはすべて入るつもりでいた。久々の城崎温泉の湯は熱く感じた。長湯はできないが、休憩所もあるからそこでゆっくりすればいい。観光客はほとんどいないようだから、入りに来るのは地元民らしき人だ。私も下手すりゃ、地元民だったかもしれないが。

三十歳を過ぎ、男に貢いだ借金が膨れ上がり、私は追われるように京都を逃げ、実家の豊岡に戻った。若くもなく学歴も資格もキャリアもなく、親に対してうしろめたさを抱えながら、地元の工場で働いていた。携帯電話の部品の検品の仕事で、何も考えなくていい単純作業なのが気楽だった。京都に帰りたいとずっと願っていたけれど、大きなあやまちをしでかした自分が親に背き故郷を再び離れることは不可能かもしれないとも思っていた。そしてそこで数年間を過ごしたが、地元にいるときの楽しみは温泉だった。何もない田舎だったけれど、温泉だけはやたらとある。でも、それしかない。こんな娯楽のない町で、みんなどうして生きているのだろうと思っていた。数年後に、私はなんとか故郷を出て京都に戻り、バスガイドとして働き始め小説家になったけれど、あのまま地元にいたらどうなっていたのかとは、よく考える。

私は、地元では、セックスをしたことがない。高校生の頃は処女だったし、三十を過ぎて戻ってきて数年間、それまでつきあっていた恋人は大阪の人だったので、月に一度、大阪からも但馬からも来やすい姫路で会っていた。そのうち、距離もあって、恋人とは疎遠になった。故郷にいるときに、誰かとセックスする機会がなかったわけではない。ただ、タイミングを外したような気がする。

地元出身のある有名俳優が、故郷に戻った際に、私の知人に「この辺の人は、どこでセックスするの？」と聞いたらしい。ラブホテルはあるけれど少ないし、人目につく。娯楽のない田舎は、セックスぐらいしか楽しみがないけれど場所がないと、その俳優は疑問を口にしたのだろうか。おそらく、セックスしたい人たちは、お互いの家か車でしているのだと思う。する場所がないからこそ、結婚が早いのではないか。結婚すれば、堂々とセックスできる。

地元を再び離れてからは、年に何度か故郷には帰りもするけれど、家族以外の人と会うことはほとんどない。たぶん、一生、この先も、私は故郷でセックスすることはないだろう。

でも、もしも、あの土地で、恋をしたり、セックスをしていたら、私は京都に戻ることはなかったかもしれないし、こうして小説家になることもなかったはずだ。

城崎温泉の宿に入り、但馬牛の夕食を食べて、外湯をまわり、宿に帰り布団で仰向けになりながら、そんなことをずっと考えていた。セックスはしなかったけれど、したくないわけではなかった。毎日セックスのことを考えてAVを見ていたし、したくてしたくてたまらなかった。暗鬱な日常から自分を救ってくれるのは、セックスだけのような気がしていた。毎朝、仕事をするために外に出る準備をしながら、自分の部屋でAVを流してもいた。

セックスはしたかったけれど、地元の男としてしまえば、二度と故郷を出られないような気がしてならなかった。まるで、古事記のイザナミの話のようだ。男神イザナギと女神イザナミはお互いの足りないところを埋め合い国を生むが、イザナミが火の神を産んだ際に女陰を焼かれ亡くなってしまう。妻が恋しいイザナギは、黄泉の国を訪れイザナミに帰ってきてくれと願うが、イザナミはもう黄泉の国の食べ物を口にしてしまったのだという。だから戻れないのだと。それでもと懇願するイザナギに、イザナミは黄泉の国を出ることを承知するが、地上に辿り着くまでに決して振り向いて自分の姿を見ないようにと誓わせる。けれど、イザナギは約束を破り、あと少しで黄泉の国を出られる時点で、妻の姿を見てしまう。そこにいたのは、かつての美しいイザナミではなかった。黄泉の国の食べ物を口にしたイザナミは、人間ではなくなっていたのだ。そうしてイザナギは、妻を残して、ひとり逃げる――。

ずっとこの物語が頭にあった。黄泉の国の食べ物が、私にとってはセックスのような気がしていた。セックスしたくてたまらなかったけれど、故郷でセックスをしたら、もうその地で骨を埋めなければならないのだと。もちろん、そんなのはただの思い込みに過ぎない。ただ、セックスする機会がなかっただけだ。

私はそのまま地元の工場で働き、三十代半ばで無理やり京都に戻った。そして、東京に行った。故郷にいるときに、ＡＶを送ってくれた男とセックスするために。彼はずっと故郷を出ようとする私を応援してくれた人だった。東京生まれの東京育ち、既婚者で妻以外にも多くの女と関係している、どうしようもない男なのは承知だった。それでも、私は彼とセックスしたくて、だから故郷を出ることができた。東京で、顔を合わせるのは初めてだったけれど、セックスしようと約束していたから、した。久しぶりのセックスだった。先のことなんて、考えてはいなかった。深入りすると面倒な相手だとか、彼が関係している他の女たちのことなんか、ふたりの間の距離のことも、何も考えていなかった。ただ、その男とセックスがしたかったからした、それだけだ。

私だけのものにすることも、他の女と別れてくれと願うことも、結婚してくれと思うことも、なかった。ただ、この男のおかげで、私は黄泉の国から逃れられたのだ——それだけを考えていた。男のことがなければ、私はあのまま故郷を出られなかったかもしれない。


人のいない城崎温泉の外湯をめぐる。がらんとした温泉地は、寂しくはあるが、人混みが苦手な私にとっては居心地がいい。年を取るごとに、温泉が好きになる。緊急事態宣言中でお酒を飲むことができなかったけれど、夕食の但馬牛は絶品だった。

夜も川沿いの柳が揺れて、宿から借りた浴衣を着たまま、歩く。地元だから、この温泉街も知り合いは何人かいるのだけれども、さいわいマスクで顔を隠しもしているので、気にしなくていい。こんなにいいところだったのかと、初めて思った。故郷の温泉の夜は静かにふけていく。

翌朝、宿で朝食を食べたあとに、また温泉街を歩き、外湯に浸かった。宿に戻り少し休み、チェックアウトして宿の目の前にある地元の海鮮が食べられる店に入り、少し刺身をつまんだ。鬼えびという、今まで食べたことのない海老の刺身は、美味かった。時間になり、駅前のコウノトリの像に見送られながら、私は特急電車で京都に戻った。

天然記念物であるコウノトリは豊岡で繁殖を成功させ、有名になった。土産物屋には、子どもを運ぶコウノトリのパッケージの饅頭等が並んでいる。私は結局子どもを持つこともなく、一度も妊娠することもなく、生殖の機能をもうすぐ失う。けれどそれでも、女であることは、変わらない。もしも故郷でセックスしていたら、結婚して子どもを持つ人生だったかもしれないけれど、そうならなかったことを全く後悔などしていない。

そして五十を超えた私は、このところ、無性に故郷が恋しい。コロナ禍でずいぶんと帰省できなかったからかもしれない。故郷に住むことはないとは思うが、行きたくなるのは日本海、故郷の海だ。あんなに出たかった土地なのに。何もないから、ここにはいられないと、二度出ていった故郷に。

愛や恋などではなく、ただ、男が必要だ。

比叡山

二〇二一年八月

京都は景観条例により、高い建物がないから、山がよく見える。京都駅を背にして、右に比叡山、左に愛宕山と、山並みが連なっている。なかでも東山三十六峰を従えるようにそそり立つ標高八四八メートルの比叡山は、滋賀県大津市との県境であり、天台宗の総本山・延暦寺があることで知られている。平安時代から、都を護るように、鬼門に位置している比叡山。天台宗の開基・最澄によって開かれたこの山には、親鸞、法然、道元、栄西、日蓮、天海など、名だたる高僧たちが修行をした。徳川家康に仕えた天海大僧正は、上野の寛永寺の開祖であり、徳川家の菩提寺となった。寛永寺の山号が「東叡山」なのは、東の比叡山と、天海が修行した延暦寺にちなんでいる。

平安時代から、朝廷を脅かすほどの権力と武力を持った延暦寺だが、織田信長により焼き討ちされ数千人が亡くなり、多くの建物が消失した。のちに徳川家により、復興される。

延暦寺は現在も「世界宗教サミット」等が開かれ、日本仏教の重要な信仰、修行の地であるが、都を魔から護るための場所ゆえに、そこには古くから魔物の巣食う場所でもある。

一九七四年、前年に五十一歳で得度を終えたひとりの女が、この比叡山延暦寺横川《よかわ》にて六十日間の行を経て、僧侶となった。若くして結婚し娘をもうけたが、夫の教え子と恋に落ち、家族を捨てた女は、その男と別れても、妻ある男との恋愛を繰り返し、作家になり業を紡ぐ。「きみという女は、からだじゅうのホックが外れている感じだ」と男に言われ、性愛を求めずにはいられない女を描いた小説『花芯』は、「ポルノだ」と、非難され、「子宮作家」とのレッテルを貼られて文壇を干されもした。しかしそれでも作家は「女」を描き続けた。岡本かの子、智照尼、田村俊子、伊藤野枝など、恋をして己に忠実に生きることで社会に歯向かい戦って生きてきた女たちを。

瀬戸内晴美——作家・瀬戸内寂聴だ。

人気作家だった晴美が、髪をおろし出家し「男を絶った」のは、ある妻子ある男と別れるためだったという。その顛末を描いた小説が『比叡』だ。この中には名前は登場しないが、「妻子ある男」が、作家の井上光晴であったことはのちに寂聴自身が告白している。原一男が井上光晴を撮ったドキュメンタリー『全身小説家』にも、寂聴は光晴の「友人」として登場する。光晴の死後、寂聴は彼の妻や娘と交流し、井上夫妻の墓は岩手の寂聴の寺にあり、寂聴自身も亡くなればここに眠るという。かつての不倫相手と、その妻と同じ場所に。

『全身小説家』は、井上光晴が虚実の狭間に生きて、どれだけ嘘吐きだったかを描いているが、実のところ、誰よりも嘘吐きなのは、寂聴だ。映画のラスト、癌で亡くなった井上光晴の葬儀で、寂聴は、「あなたと私は、セックス抜きの男女の友情を——」と弔辞を読んでいる。出家をせずには別れられなかったほど、愛した男なのに。

二〇二〇年に、ミステリー作家・山村美紗の評伝『京都に女王と呼ばれた作家がいた　山村美紗とふたりの男』という本を書くために調べものをしている際に、私はあることに気づいた。

急死した山村美紗の告別式で弔辞を読んだのは、のちに彼女との男女関係を小説にして綴った西村京太郎だ。彼は美紗の夫や娘たちのいる告別式の席で、瀬戸内寂聴と、同じようなことを口にしている。わざわざ、自分たちは男女の関係がない、友情で結ばれていたのだ、と。

どうして、作家たちは、嘘を吐くのか、葬儀の席で。

ふれなくていいことを、敢えて口にするのか。

そうせざるを得ないほどに、愛していたのか。

比叡山には、何度も訪れている。仕事でも、仕事以外でも、泊まったこともある。京都市内からはバスで一時間もかからない。数年前には寒行体験という、修行にも参加した。雪が積もる冬の比叡山を歩いたり、写経や、早朝にお勤めもした。私にとっては身近な場所だった。

二〇二一年の夏に、比叡山に取材で上がった。コロナ禍だというのもあり、人がほとんどいない。もともと混み合う場所ではないが、さすがにこんな光景は初めてだった。比叡山は東塔、西塔、横川と三つのエリアに分かれているが、観光客が訪れるのは、だいたい東塔のみだ。東塔には、最澄が建てた一乗止観院がもとになった根本中堂がある。現在、工事中の根本中堂だが、延暦寺創建以来燃え続けている「不滅の法灯」も見ることができた。

横川には、天台宗の僧侶になるために修行をする場があり、ここは家族といえども一般人は足を踏み入れることができない。

コロナ禍の前、二〇一九年、友人の天台宗僧侶、落語家でもある露の団姫と、彼女のクリスチャンの夫と横川に来たときも、修行道場には団姫ひとりで入っていった。瀬戸内寂聴もここで六十日間を過ごしたのか——そう考えたときに、ふと、自分が彼女が出家した年齢に近づいているのに気づいた。夫と娘を捨て、さまざまな男を渡り歩き、そのほとんどは家庭のある男だったという。二度と家庭を持つ気はなく経済的にも自立している女は、都合のいい情事の相手であると自嘲気味に『比叡』にも書かれている。そして五十という年齢の区切りに、出家し、男を絶った。相手を嫌いになったり、他に好きな人ができない情事の相手とは、別れるきっかけがないままにズルズル続いてしまうというのは、私にも経験がある。生きて別れることのできない相手との関係に待ち受けているのは、どちらかの死だ。若い頃なら、そんなふうに考えもしなかっただろうけれど、もう死から目が背けられない年齢に辿り着いてしまった。

夫婦ならば、死の間際に一緒にいられるが、そうでないから傍にも行けず、もしかしたら時間が経ってから相手の死を知ることになるかもしれない。そう考えると、苦しくて苦しくて耐えきれなくて、そうなる前に別れを選んだことが、かつて、私にもあった。不倫はいけない！　なんて言わないし、世間の過剰な不倫叩きは冷めた目でしか見られないけれど、その先に待ち受けている別れの身を切るようなつらさを考えると、人にすすめはできない。けれど、それでも、恋に落ちることもあるし、肌が合って離れられないことは、ある。

人のいない横川で、五十歳になった自分は、瀬戸内晴美が寂聴になったように、男を絶ち、執着や未練を振り払い出家できるのかと問いかけた。答えは、「否」しか、浮かばない。いい加減にしろよと、自分でもたまに思う。いい年して、みっともない、ううん、いつになったら解放されるのか。愛や恋などではなく、ただ、男が必要だ。いつまで、男なしでは生きられないのか。だからこそ「出家」という形で、断ち切ることが必要なのかとも。性欲を失い、男なんていらないと年齢と共に自然に思うことができたら、わざわざ「絶つ」なんてことはする必要がない。

つまりは、『比叡』の主人公は、私と同じように、執着を絶てないからこそ、僧になったのだ。

『比叡』では、髪をおろして得度を終えた主人公が、友人の隠れ家にひそんでいると、断ち切ったはずの男が訪ねてくる場面が描かれている。髪をおろした情人の顔を見て、男は驚愕の表情を浮かべる。

男は、離れに布団を用意され、そこで眠る。主人公は、深夜男のいる離れを訪れるが、ふたりは肌を合わさない。

主人公が比叡山の横川で行の最中に、毎晩、芦屋まで女のもとに通う僧侶も登場する。熱のこもった身体を持った男は、女を求めずにいられなかった。禁じられているからこそ、欲望は身体を支配し、心も犯す。そう考えると、多くの僧侶たちが修行をしたこの比叡山は、行き場のない欲望の亡霊が漂っている場所だとすら思う。かつては女人禁制で、僧侶は女を抱くのは禁じられていたなら、なおさらだ。

比叡山横川には、元三大師堂があり、そこらじゅうで、角のある鬼の護符が目につく。この鬼が、比叡山中興の祖といわれる元三大師良源だ。良源は疫病が流行った際に、鬼に変化して、その姿を弟子が描いて護符にし、疫病を退散したともいわれている。一説には、良源は大変美男子だったために、宮中に赴けば女官たちがみな良源に心を惹かれてしまうので、女たちを追い払うために鬼に化けたのだとも言われている。禁欲的な生活をしている男が、女を追い払うのは、自分自身の欲望を抑え込むためだとしか考えられない。

実際のところ、比叡山には、女犯がダメなのならと男同士でまぐわい、戒律を破り山を下り女と交わる者もいたというが、良源などは欲望が強いからこそ絶つために鬼になったのではないか。取り返しがつかないことになるのを、わかっていたから。

出家しようかと考えたことは、今まで何度もある。幾つかの寺で修行の真似事はしたし、仏教には興味がある。死を目の前にして、信仰が必要になる気もしている。けれど欲望を絶つことは、今はまだ、無理だ。五十を過ぎても、私はまだ男が欲しい。若くないからこそ、求めているのかもしれない。生理が終わると、女でなくなるなんていう人もいるかもしれないけれど、私は閉経しても女のままでいたいのだ。散々、自分の身を焼き尽くし人生を狂わせた性の欲望に、私はまだ執着して、捨てられないでいる。

けれど――髪をおろし出家して、欲望をきれいさっぱり捨てることなんて、できるのだろうか。たとえセックスせずとも、男を絶てるものなのか。

僧侶になってからも、二〇二一年に九十九歳で亡くなるまで、瀬戸内寂聴は精力的に「女」を描き続けた。九十一歳で刊行された『爛』は、八十を超えた女が自分の性の遍歴を振り返る話だが、「精液は男の命だ。女が精液を欲しがるのは、もっと貪欲に男の命を吸い尽くしても、自分の生命を生きのびようという下心があるからだ」という文章に、呑まれた。

自分がその年齢になり、「精液は男の命だ」なんて、書けるだろうか。結局、髪をおろそうが、鬼になろうが、変わらないのだ。死ぬまで、女なのだ。男を欲しがる女。魔が宿る比叡山で、そんなことを考えた。

比叡に宿る魔物とは、人に宿る性の欲望かもしれない。

「女」として生きていたいから、
男という存在への執着が強くなる。

鳥辺野

二〇二〇年

その場所は、無常の地だった。古来より、死者を葬るための、「諸行無常」の地だ。野ざらしにされた死体を、鳥が啄むために「鳥辺野《とりべの》」と呼ばれたともいう。のちに火葬となり、吉田兼好の徒然草には「鳥部山の煙立ち去らでのみ、住み果つるならひならば、いかにもののあはれもなからん。世は定めなきこそいみじけれ」と、世の儚さのたとえとして登場する。

鳥辺野は、現在の清水寺付近だ。コロナ禍の前までは、季節を問わず観光客が犇《ひし》めく、京都で最も賑やかな場所だった。訪れる人たちの多くは、きっとここが死者を葬る場所だったとは、知らないはずだ。

東山、清水寺のある音羽山と、幕末と第二次世界大戦の死者を祀る霊山護国神社のある霊山の狭間、まさに鳥辺野にその邸宅はあった。

生涯、二百冊以上の京都が舞台の推理小説を出版し、その半分がドラマ化されたミステリーの女王・山村美紗の家だ。もともと大正時代の旅館を改装して作られた邸宅の、本館と別館を山村美紗と西村京太郎がそれぞれ買い取り住み始めた。ベストセラーを連発し、高額納税者番付の京都の文化人部門の一、二位の座に君臨するふたりの作家のもとには、編集者が高級な土産を持参しせっせと通った。ときには、山村美紗の邸宅を会場にし、百人規模のパーティが開かれたともいう。編集者のみならず、テレビ関係者、俳優たちが駆け付けて、大きな宝石を身に着け、ピンクや赤の華やかなドレスに身を纏った「女王」・山村美紗に「謁見」した。

しかし山村美紗は日本で一番書籍の売れた年、一九九六年九月五日に東京の帝国ホテルのスイートルームにて、執筆中に突然死をし、隣に住んでいた西村京太郎も湯河原に移った。この東山の家には、今は山村美紗の夫であった巍《たかし》と、三十九歳下の後妻である祥がひっそりと絵を描いて仲睦まじく暮らしていた。

広い玄関の正面には絵が掲げられ、左手の部屋には真っ白なグランドピアノ、ステンドグラスの扉、シャンデリアと、豪華な暮らしの名残がある。私はその部屋で、巍の話を聞いて、二〇二〇年『京都に女王と呼ばれた作家がいた　山村美紗とふたりの男』という評伝を出した。

もともと山村美紗の名前は知っていたけれど、熱心な読者ではなかった。ただ、若い頃に愛読していたゴシップ誌「噂の真相」に、たびたび美紗と京太郎の関係と、その「女王」な振舞いの記事が載るのを面白く読んではいた。ただの男女関係ではなく、地下室でＳＭプレイを娘に発見されたとまで書いていた。私は大学から斡旋されて、京都の東山税務署で確定申告の時期にアルバイトをしたことがあったのだが、パソコンなどない時代、高額納税者である山村美紗と西村京太郎の書類を見かけて、その納税額の高さにおののいたことがある。また、その際に、ふたりの住所の番地が一番違いなのを見て、やはりゴシップ誌に描かれていたように、ふたりは「夫婦同然」なのだと思った。

山村美紗に興味を持ち始めたのは、小説家デビューしたのちのことだ。あるとき、京都新聞のサイトで、山村美紗の夫が、三十九歳下の後妻とふたりで「山村美紗展」を開くとの記事を見つけた。え？山村美紗に夫がいたの？　西村京太郎さんじゃなくて？？　そして三十九歳下の後妻とふたりで「山村美紗展」て、どういうこと？？　と、混乱した。私がその記事を読んだときには、展示は終わっていたけれど、ネットで高校の数学教師だった巍が、妻の死後に画家に転身して、妻の肖像画を描き続けているのを知り、その絵を見て、引き込まれてしまった。巍が描く美紗の絵には、情念が籠っていた。しかも、絵を描くきっかけは、巍の夢にたびたび亡き妻が現れ「私の絵を描いて、飾って」と懇願したからというではないか。けれど、山村美紗のパートナーは西村京太郎だったはずだ。

その後、京都新聞に私が京都の女の情念コラムを連載して、山村美紗のことも書いた。その際に、京都新聞の記者が、「山村夫妻が美紗さんのお墓参りに行くとおっしゃっていますが、花房さんも来ますか」と誘われ、絶対にこんな機会はないと「行きます！」と答えた。

山村美紗の墓は、京都東山の泉涌寺塔頭、雲龍院にある。墓石に大きく「美」という文字が刻まれている。その墓の前に、白髪頭の男性と、女性が立っていた。私はその女性の姿を見て、驚愕した。細身で、細面、ウェーブのかかった髪の毛――山村美紗に、似ている。

それが後妻の祥だった。のちに、ふたりの馴れ初めを聞いて、納得もした。美紗がたびたび夢に出てくるので、巍は亡き妻に絵を描くことを約束し、京都新聞のクロッキー教室に向かう。巍は数学教師で、絵の素養などなかったから、いちから学ぼうとしたのだ。そこでモデルとして登場した裸の女性が、祥だった。若い頃より美術モデルを務めていた祥に、巍は「妻に似ているからモデルになって欲しい」と依頼した。そこからふたりの交流が始まり、巍は祥に求婚した。年齢が離れているのもあるが、それまで一切、恋愛じみた関係はなかったから祥は驚いたが、巍の身体が心配でもあったし、プロポーズを受諾したのだという。亡き妻が夢に出て、その妻の絵を描こうとすると、妻に似た女性が現れて結婚する――。これを小説にすると、「リアリティがない」と指摘されそうだ。

巍と知り合い話をする度に、世の中に知られている話とは違うと多くの疑問が湧いてきた。西村京太郎との関係は、京太郎自身が『女流作家』という小説にしているし、インタビューなどで「男女の関係」を告白もしている。そして美紗が亡くなった際は、週刊誌などが喪主として登場した巍に対して「不仲で別居していた夫」と書き立てた。しかし、巍の話を聞くと、どうも「不仲」とは思えないし、別居と言っても、巍は向かい側のマンションに住み、毎日行き来し、身体が弱い美紗の看病をしていたのだ。いったい、何が真実なのだろうかと、私は調べ始めた。そしてこれを本にしないといけないという衝動にかられた。巍の夢に美紗が毎日現れたほどではないけれど、私は誰に対しても美紗の話をして、美紗で頭がいっぱいだった。偶然なのか、街中で山村夫妻とばったり会うこともあった。だから、書かないといけない、山村美紗のことを——私も取り憑かれていたのだ。

京都が舞台のミステリーの女王・山村美紗は、現在でも「山村美紗サスペンス」のドラマが再放送や新たに作られていて、名前を知る人は多いけれど、亡くなって二十年以上経ち、その著作は書店には並んでいない。その私生活もまさにミステリーで、それは美紗自身の意思ではあったのだけど、娘が女優だというぐらいしか知る人は少ない。そんな美紗の生涯を、巍への取材をもとに私は調べた。美紗の著作もすべて読んだ。

調べれば調べるほどに、山村美紗という女性が、どれだけ愛されたかということが浮かび上がる。二十代のときに中学校の同僚教師として知り合った巍は、九十歳を超えた今でも、美紗を思慕し続けている。そして作家とファンとして出会ってから、彼女が亡くなるまで三十年間、亡くなったあとも西村京太郎は美紗を愛した。

京太郎のインタビューや書いた小説を読むと、胸が痛んだ。夫がいて自分のものにならない女を熱烈に愛していたのだというのが、伝わってくるからだ。巍にしろ、京太郎にしろ、美紗は亡くなってからも愛され続けた。
本を出したあと、女性編集者と話していて、彼女が「美紗さんて、多くの男性に愛されたけれど、誰にも恨まれてないのがすごいですね」と言われて、確かにそうだと思った。女性の物書きの中には、有名になり稼いで、夫が仕事を辞め、マネージャーのようなことをし始めて、金を使い込み関係が壊れ憎しみ合うという話を幾つか知っている。けれど巍は、美紗がどれだけ稼いで有名になっても、高校教師を定年まで勤め上げ、美紗をサポートし続けた。美紗にふられた京太郎も、彼女への想いを抱き続けた。美紗は六十五歳で亡くなっているし、デビューしたのも四十歳を過ぎてからと遅咲きだ。「若い女」ではない彼女は、男に愛されまくった。そして美紗自身も、ふたりの男とも、必要だったのだ。支えてくれる巍、そして仕事のパートナー、戦友でもある京太郎。美紗の成功は、ふたりの男の存在なしには語れない。

美紗の評伝を書いていく中、そして書き終わった今となっても、私自身につきつけられるのは、「女」だ。五十歳を過ぎて、昔ほどのやたらめったな性欲ではないにしろ、いや、だからこそセックスを超えた部分で男という存在への執着が強くなっている気がしてならない。男が必要で、男に求められたくて、男が欲しくて、男なしでは生きてはいけない。

「女」として生きていたいのだ。そんな自分の欲深さをあさましいとは日々うんざりはしているけれど、なかったことにはできない。

だから本を書き終えた今になっても、山村美紗に憧れる。仕事で成功し、死ぬまで女として男たちに愛された作家を追わずにはいられない。

京都は町そのものが事故物件だ。「京都で人が殺されていないところはない」と、山村美紗の著作をすべて読んで改めて思った。

死者を葬る無常の地は、多くの人を殺しながら、愛され、壮絶な生き方をした「女王」の弔いの場所に相応しい。

追記・山村美紗の夫・巍氏は、二〇二一年八月六日に、妻・祥に手をとられ亡くなった。享年九十三。

「運転手とバスガイドって、デキてるんですか？」
どうせなら、一回だけでもやっときゃよかったな。

別府

二〇二一年一〇月

山は富士、海は瀬戸内、湯は別府

大分空港に降り立つと、温泉県！　温泉県！　と、温泉の宣伝ポスターがこれでもかというほどに主張してくる。大分に来たのは二十数年ぶりだから、前回の記憶はかなり薄い。

温泉県大分、その中でも日本を代表する温泉地である別府には、このところずっと訪れたくて、二〇二一年の一〇月にやっと実現した。二泊三日、とにかく温泉に入り倒すつもりできた。

しかし温泉だけではなく、もうひとつ重要なミッションがあった。それは冒頭の「山は富士、海は瀬戸内、湯は別府」のフレーズで別府を発展させた実業家・油屋熊八にも関係する。私はバスで大分空港から別府に移動し、駅のコインロッカーに荷物を預けた。駅前には、油屋熊八の銅像がある。温泉マーク入りの熊八のコートに地獄の小鬼がしがみついているユニークな像だ。

しばらく待っていると、鬼の顔をラッピングした大型観光バスが来て、中からガイドさんが降りてくる。年齢は三十代ぐらいだろうか、可愛い人だ。亀の井観光バスの「地獄めぐり」の定期観光バスに私は乗り込んだ。

最重要ミッション……というと、大ごとだが、このバスに乗るのが目的で別府に来た。

ときどき、私は「元バスガイド」と肩書がつけられるが、実は正式に辞めたわけでもないし、数年前まではたまに修学旅行の案内もしていた。団鬼六賞大賞を受賞した際に、ガイドの会社の社長に「さすがに官能小説書いてて修学旅行ガイドとかするのはアレなので辞めます」と告げたのだが、「ええやんか」のひとことで、スルーされてしまい、私も、「まあ、いいか」と思って、そのままだ。小説家になり、そこそこ忙しくなっても、「たまには外に出て気晴らしどうや」と社長から電話がかかってきて、何度か旧姓本名で修学旅行の仕事に行った。とはいえ、新型コロナウイルスの感染者増加により、旅行業界は大打撃を受け、バスガイドも仕事を失って大変なことになっていた。

バスガイドという仕事は皆に知られているけれど、その労働形態や歴史は周知されていない。ガイドにはバス会社所属の正社員と、アルバイト、そして一度何らかの理由で会社を辞めたあとに所属する「ガイド紹介所」というものから仕事を請け負うという人、あと完全にフリーの人もいる。私は「ガイド紹介所」のガイドなので、様々なバス会社の仕事に行っていた。団体旅行は年々廃れて、経費削減でガイドを乗せないツアーも増え、バス会社もガイドを一年を通して食わせていくのが難しく、ガイド紹介所を頼らざるを得ない。けれど、春と秋は忙しいけど、夏や冬は仕事がないので、他の仕事を持っている副業ガイドも多い。

小説家としてデビューしてから、何度か「運転手さんとガイドさんて、やっぱりデキてるんですか？」「運転手さんとやったことありますか？」と聞かれた。私に関しては、ない。デビューしてすぐ、週刊誌から「バスガイドさんはどんなセックスをしているか」という取材も受けたことがあるが、「他の人のことはわかりませんから、適当に書いてください」としか答えようがなかった。

どうせなら運転手と、一回だけでもやっときゃよかったな、ネタになるのにと今は思うが、モテなかったから仕方がない。ガイドと運転手は、泊まりの仕事とか行くこともあるし、どうしても他の仕事の人とは時間が合わないし、職場恋愛に発展しやすいのは間違いない。昔は、運転手が泊まり先で強引にガイドを……などという話もあったのは耳にしていたが、最近、バス業界はセクハラには厳しく、何かあればすぐ処分されるし、セクハラ研修をしている会社も増えたとは聞く。それでも、男女のあれこれが生まれやすい世界なのは、間違いない。そりゃあ不倫もある。

ときどき「バスガイド物の官能小説は書かないのですか」と、聞かれることもあるが、辞めてはいないから書きづらいのと、その世界に私が幻想を抱いていないから書く気にはなれない。幻想がないと、エロスもない。でも、やっぱり、運転手と一回でもセックスしておけば、一冊ぐらいはバスガイド官能を書けたかも。

女性がバスの中でマイクを持って案内に特化する……私たちが認識している「バスガイド」という

存在は、日本だけのものらしい。AVでも官能小説でも定番の、憧れの仕事「バスガイド」は、いつ、どうやって始まったのか。大正時代に東京で男性バスの車掌はいたらしいが、現在の形のバスガイド発祥の地であるのが、実は別府なのだ。別府観光の父・油屋熊八が、一九二九年に、地獄めぐりのバスに案内する女性を乗せたのが人気を博して、全国に広がったという。

そう、私が別府に来て地獄めぐりのバスに乗っているのは、「日本初のバスガイド」の案内を体験するためだった。

「地獄めぐり」のバスは、「地獄」と呼ばれる別府の温泉噴出口を見学してまわる。最初に行ったのは、「海地獄」、コバルトブルーの美しい色だが、九十八度の熱を持つ。この時期なので、ガイドさんも不織布マスクを着用していて、聞きやすいようにと小さなマイクとスピーカーを持っていた。

地獄とはいうが、美しい地獄だ。でも、だからこそ人を惹きつけるのが危険だということだろうか。そこからガイドさんと一緒に歩いて、「鬼石坊主地獄」「かまど地獄」「鬼山地獄」「白池地獄」などをめぐる。定期観光バスの客は、私を含め、二十人ほどか。なんせ平日だし、まだ一応、コロナの感染者はいる。それでもこの人数が参加するのは、人気があるコースなのかもしれない。

いったん移動して、「血の池地獄」、そして「龍巻地獄」を見学する。「血の池地獄」は、「海地獄」とは対照的に、どろりとした赤い色で、不気味だ。けれど温泉の蒸気を浴びているだけで、気持ちがいい。「龍巻地獄」を見学したあと、バスに乗り込み、ガイドさんが、かつて別府の地獄めぐりのバスガイドさんがやっていた「七五調」案内でお別れの挨拶をしてくれた。三時間の短い旅だったが、バスガイドさんの案内は完璧だったし、いい時間だった。

それにしても、バスガイドを生み出したのが、「地獄めぐり」だというのは、面白い。私の人生は、借金地獄やら男地獄やらいろいろありすぎたのだが、バスガイドという仕事も「地獄めぐり」のひとつだったとは。

別府駅でバスを降り、荷物をコインロッカーから出して、チェックインしようとホテルに向かった。ホテルも油屋熊八が創業した「亀の井観光ホテル」を予約していた。駅から五分ほど歩いて、手続きをして部屋に入る。それなりに疲れたので、ベッドに横になった。

ガイドさんの乗るバスで観光したのなんて、かなり久々だ。楽しかったし、いい仕事だなと思ってしまった。小説家になる前、ずっとバスに乗っているときは、とにかくしんどくて、しょうがなかったのに。朝が早い、夜もときどき遅い、客や添乗員や先生に理不尽な怒られ方や無茶な要求をされるし、ガイドだって運転手だって嫌なヤツはいる。何より暗記が大変だった。久しぶりの場所に行くときは、ちゃんとできるか泣きそうになる。観光シーズンは忙しくて、身体はボロボロに、心もすさむ。

長く続ける仕事ではないなと、私は奮起して小説家になった。けれど、なんとなく、業界に片足を突っ込んだまま、離れられないでいる。

小説家で食えなくなったら、文章の仕事がなくなったら、戻ってこようなんて甘えは、ずっとあった。けれど、たまにバスに乗ると、小説家の仕事をして体力が著しく低下しているのを実感した。いつか戻るかもと考えながら、数年経ち、そしたらこのコロナ禍だ。バスガイドの仕事は、すべてキャンセルになったと聞く。ガイド紹介所の社長が「長くこの仕事やってきたけど、こんなん初めてやわ」と嘆いていた。

そして感染者が収まりはしても、団体旅行が昔のように人が戻ってこないのは予想がつく。ひとりや、少人数で旅行するほうがリスクがないし、みんなそれに慣れてしまった。団体でバスで移動する機会は、この先、コロナ禍以前より間違いなく減るだろう。何より、みんなもう娯楽にお金を使う余裕もない。

バスガイドという仕事は、ますます食えなくなる。食えなくなったら、辞めていく人も増える。バスガイドは消えゆく仕事なのかもしれないとは、ここ数年、ずっと考えている。

けれど私は久しぶりに別府でバスに乗って、仕事が楽しかったことを思い出した。お客さんに、「ありがとう」「楽しかった」と言ってもらえるのが、嬉しい。勉強して、盛り上げて、頑張れば頑張ったぶん、直接反応として返ってくるものがあったから、続けてこれたのだ。

夕食を食べる前に、ホテルの大浴場に入る。もちろん、温泉だ。露天風呂もあるが、他に人がおらず、気持ちがいい。疲れが体の中から出て、とけていく感覚がある。

もともとバスガイドになったのは、大学のときに、歴史小説を寮の棚に並べていたのを見た、同じ学科の子が「大学生が修学旅行生をガイドするバイトがあって、やるつもりなんだけど、そんなに歴史好きなら一緒にこない？」と言ってきた。そして私は研修に参加したが、私を誘った娘は早々に辞めてしまった。それなりに楽しくなって、学校に行かなくなり留年もした。そのあと様々な仕事をしたが、三十歳を過ぎて地元に戻って旅行会社に勤めていたとき、ガイド経験があるのならと、久々に修学旅行の案内をしたら、なんとかできたし、楽しかった。それで、もう一度、ガイドをやってみようと思ったのだ。四十歳手前で、未来が見えないからと小説家になったものの、結局ガイドは辞められずに、ずるずるここまで来た。

世間がイメージするほど、エロいこともないし、華やかでもないし、今はもうからない仕事だけど、未練があって執着しているのは、私自身なのだ。

踊り子の裸は、女の人生が浮き彫りになる。だから私は、
若くない踊り子のステージを見るのが、好きだった。

芦原

二〇一八年一二月

髪の毛を結い上げた化粧気のない女が、屋台のカウンターに腰掛けて「蟹、食べて」と、綺麗に身がほぐされたセコガニを私にすすめた。すっぴんで若くはないけれど、背筋が伸びていて凛としたその佇まいには、生活感がない。私は、福井の民芸品、「越前竹人形」を連想した。水上勉の小説の題材にもなっている、竹をつかった、すっと伸びた美しい人形を。

全国を旅し、長く裸で踊り続けている彼女は、雪が降る北陸の屋台にいても絵になると思った。私は、そんな彼女の姿を描いてみたくなった。

福井、芦原《あわら》温泉。京都からは特急のサンダーバードで二時間もせず来られる場所だ。私は二〇一八年の一二月、うっすらと雪が積もる北陸の温泉街を訪れた。

ずっと頭の中に靄がかかった状態で、気をぬくと涙がこぼれてくるのは、二十日ほど前に、友人を亡くしたからだ。読書家で弁も立ち、早稲田大学を卒業後に文藝春秋に入社して、「週刊文春」等で敏腕記者として活躍した。退社後もコラムニスト、テレビの論客として活躍し、二〇一七年には故郷・兵庫県知事選挙に出馬したが、現職に敗れ、その後は酒に溺れ、身体を壊して死んだ。歯に衣を着せぬ言動で、毀誉褒貶もあり敵も多かったが、私には優しい人で、誰よりも小説の才を認めてくれていた。しかしそんな彼の晩年は、周りの人を傷つけ、悲しませ、何より自分自身を痛めつけた果ての死だった。彼が長年愛して未練を綴り続けていた別れた妻の手さえも、彼は振り払ってしまった。彼を生きさせようとしていた人たちを、彼は苦しめた。

世の中には穏やかな死を迎える人たちもいるけれど、彼はそうではなかった。亡くなってしばらく、私は怒りを覚えていた。芦原に訪れたのは、そんなときだった。

昔、旅行会社で添乗員の仕事をしていた頃に来たことはあるが、プライベートで来るのは初めてだった。その少し前から、全国のストリップ劇場をめぐっていたので、いつか来るつもりだったのだが、相田樹音というベテランのストリッパーが舞台に立つと知って旅を決めた。死んだ友人への怒りの感情から逃れたいという気持ちもあった。

その年の初夏に相田樹音の舞台を東京の上野の劇場で見たときに、写真撮影の時間に聞いた彼女の喋り方が、作家・桜木紫乃に似てると思った。北海道のなまりだ。劇場を出て、検索すると、ふたりの対談記事が出てきて、桜木紫乃の著書『裸の華』の主人公のモデルだと知った。それからまた一ヶ月ほどして、今度は池袋の劇場に、相田樹音の舞台を見に行った。「この前まで、芦原にいて、海で泳いで日焼けしちゃった」という彼女のステージで、私はなぜかポロポロと泣いてしまった。その年は、人前に出る仕事が多くて精神が摩耗していたのと、前述の友人が酒に溺れ、「酒をやめて」と言ってても「やめられないんだよ」と返され腹立たしくもあり、心配もしていたけれど、忙しさにまぎれ何もできなかった。とにかく私は心身ともにひどく疲れ切っていた。

池袋で相田樹音の舞台を見たとき、私は彼女に「私、桜木さんの友人なんです」と告げて名刺を渡した。その後、舞台を見に来てくださってありがとうとメールが来て、冬になってしまったが、彼女が出演するからと芦原に行ったのだ。


越前は馴染みが深い。自殺の名所といわれる東尋坊には観光バスで何度も行ったし、曹洞宗の本山・永平寺では参禅体験もした。けれど、北陸唯一のストリップ劇場には、足を踏み入れたことがなかった。

旅館にチェックインし、相田樹音に連絡をすると、「駅前に屋台村があるから、そこでちょっと飲みましょう」と誘われて、宿まで迎えに来てくれた彼女と共に、「奏」という店のカウンターに腰を掛けて海の幸をつついた。いつもは濃い舞台化粧の彼女の素顔は、それなりの年輪が刻まれていたけれど、時を重ねての人生の深みが女の魅力となっているように思えた。ストリップ劇場に通い出して知ったのは、若くて容姿のととのった踊り子さんもたくさんいるけれど、私と同年代、もしくは年上の踊り子さんたちも少なくない。長く裸の世界にいると、おそらく私など想像もつかない、いろんなことがあっただろう。それらの経験が刻まれた肉体に、私は惹かれる。踊り子の裸は、女の人生が浮き彫りになる。だから私は、若くない踊り子のステージを見るのが、好きだった。

「じゃあ、そろそろ私、準備するから、先に行くね。ゆっくりしていって」と、彼女は立ち上がり、お代を払い、コートをひっかけて屋台を出ていった。その姿もやはり背筋が伸びて、凛としていて、絵になる。

三十分ほどして、私は屋台を出て、あわらミュージックに向かった。初めての劇場は、いつも少し緊張するが、なんなく料金を払い中に入る。聞いてはいたが、広くて舞台も客席も二階がある。現存する日本の劇場で、二階があるのは、ここだけだ。客席は、結構埋まっていた。浴衣姿の温泉客もいれば、若いカップルもいる。三人の踊り子がステージに立ち、相田樹音はトリだった。二階へ上がる螺旋階段も魅せ場にして、彼女は舞う。

何もかも曝け出して、裸で世界に挑み、生きていることを見せつける。

涙が目から噴き出してしまったのは、死んだ男のことを思い出してしまったからだ。どうして、あなたは生きることを放棄してしまったのだ。たくさんの人の手を振り払い悪態をつき、酒を飲み続けていた。尼崎で行われた告別式には、政界、芸能界からも花が贈られ、多くの人が駆け付けて泣き続けていた。たくさんの人が彼の死を悼んだ。だからこそ、私は彼が許せなかった。どうして、生きようとしなかったのだ。飲んだら死ぬと言われていたのに、彼は酒を手放せなかった。アルコール依存症というのは、そういうものだと理解はしていたつもりでも、私は怒りで全身が焼け焦げてしまいそうだった。

　ずっと身体の一部をもぎ取られてしまったような感覚だった。あなたは私をずっと「才能がある」と言い続けてくれて、それは私のわずかばかりの自信になっていたのに、あなたがいなくなってしまえば、私はまた苛んでしまう。売れない、才能がない、人気もない、つまらないものしか書けない、ダメだダメだダメだと、私は自分を責めて、生きる場所を失う恐怖に脅えてしまう。

　彼のことを嫌いな人は多かったし、憎まれるだけのことは、たくさんしてきた人だった。わがままで自分勝手で他人を馬鹿にしてそれを隠しもしない。そのくせ情が深くて繊細で真面目で優しい。弱い男だった。彼をひとことで表すなら、それしかない。弱い。だから長く生きられなかったのも、わかる。でも、どうしても許すことができないままだった。

　彼が倒れてから少しだけ、毎日配信し続けていたメルマガの代筆をした。私は彼に対する批判を書き連ねた。選挙後の言動や、過去の自慢話ばかりだと。それを読んだ彼は、病室のベッドの上で、「あいつ、なんであんなこと書くんだよ。わかった、もしかして俺のことを好きなのか、そうなんだな」と他の人に言っていたとは、亡くなったあとで知った。ふざけんな、と思った。どうして批判的なことを書いて「俺のことを好きなんだ」という結論になるのだ。バカじゃないか。アホバカボケ誤解だと、彼を非難し否定したかったが、もうその声は届けようがない。私が自分のことを好きだと勘違いして逝ってしまった。ひどすぎて力が抜ける。

多くの人を傷つけ、自分も深く傷ついて、自傷行為のように酒を呑んだ、悲しい死だった。いろんな人の死を知っているけれど、最低の、ひどい死に方だ。あんなにみんなを痛めつける死に方をするなんて、きっと地獄に堕ちている。でも、同じ地獄に、私もいつか行く――。

ステージが終わり、私は劇場を出て雪の降る中、宿に向けて歩く。相田樹音のステージを見て、怒りが悲しみに変わっていった。誰もいない道は、街灯に照らされた雪の白さで明るかった。泣いている姿なんて、誰にも見られたくないから、人がいなくてよかった。

小説を書かなければと、思った。亡くなった彼は、もともと小説家を志し、本も出しているが、純文学の文芸誌に載った作品が芥川賞の候補にならなかったことに落ち込み、傷つき、何度も書く書くと言いながら、完成させることなく死んだ。亡くなった彼の部屋に、無数の小説の案、プロットが書かれたノートが大量にあったと告別式のあとに聞いた瞬間、私は崖から突き落とされたような感覚に陥った。小説を書きたくて、書きたくて、でも書けなかったまま死んでいった男。その無念さを想うと、恐怖に囚われた。

私には、彼のような繊細さは、なかった。賞の候補なんて最初から縁がないし、小説は生活のための手段でもあるから、とにかく書き続けないといけない。だから「書けない」と苦しんだことも、正直なかった。でも、そんな私の鈍感さが、繊細な彼を傷つけていたのかもとは、何度も考えた。何年か前の彼の誕生日、立ち飲み屋で「ちゃんと小説書くよ」と口にした彼に、「書けよ」なんて軽口を叩いていたけれど、結局のところ私は彼の傷を何も理解してはいなかったのだ。彼が生涯、熱烈に愛し続けていた妻との別離の原因も、小説だったのは知っていたはずなのに。

文芸誌の連載依頼が来たときに、「芦原温泉を舞台に書きたい」と話したら、了解してくれた。「小説新潮」に連載された物語は、男に支配されてきた女が、男の死をきっかけに顔を変え、殺人事件の容疑者として芦原に辿り着き、そこでコンパニオンとして生きていく話だ。主人公の友人となる若くないストリッパー「雪レイラ」は、もちろん相田樹音がモデルだ。芦原を舞台に選んだのは、あわらミュージックという劇場の存在と、東尋坊が近いのもある。小説の取材のために改めて東尋坊に行ったけれど、せり出した崖から海をのぞき込むと、引きずられそうで、怖かった。

死は、いつでも手招きして、死にたい人間を待ち受けている。

私も、ときどき、生きているのが嫌になる。死んだほうが楽になれるなんて、考えもする。でも、死ぬのは怖いし、この世に未練がありすぎる。まだ、死なない。たぶん、死なない。でも、わからない。何かのきっかけで、もういいよと、生きることを放棄しないとは、断言できない。

生きるのに疲れたときは、死んだ男のことを考える。もうあれから数年経ったけれど、やっぱり思い出したら、胸がぎゅっと捉まれたように呼吸が速くなり、苦しい。

芦原が舞台の小説のタイトルは『果ての海』、この世の果ての海のそばで生きる人たちの物語で、二〇二一年に新潮社より発売された。

性と死のはざまに漂う女の物語には北陸の海が相応しい。

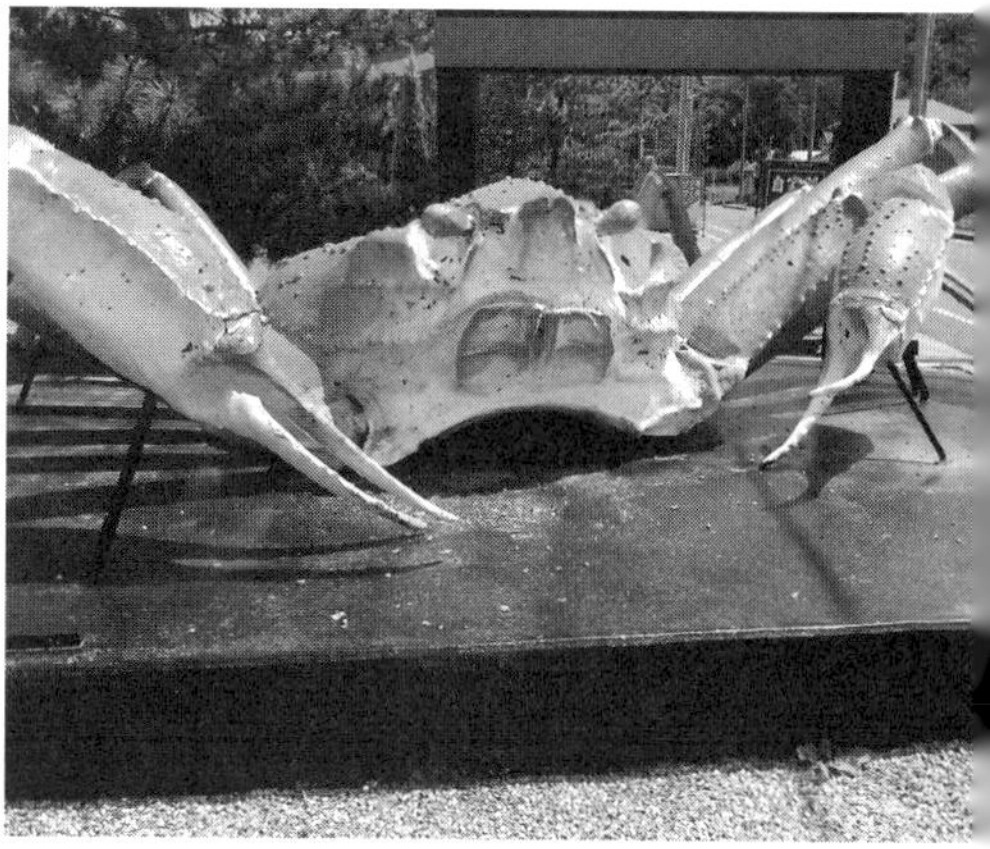

私は、底辺なのだ。人としても、女としても、
劣等生だというのを、思い知らされた。

宮津

二〇〇二年頃

二度と行こまい丹後の宮津　縞の財布が空になる　丹後の宮津でピンと出した

京都府の日本海側、宮津市には古くから伝わる「宮津節」という民謡がある。港町に昔、遊郭があり、冒頭の歌詞は、そこで遊ぶと財布が空になると、遊郭の楽しさを唄っているのではないかといわれている。「ピンと出した」というのは、お金のことか、それとも遊女を前にして、男が「ピン」と出したのか。宮津には、この宮津節から来た「ピンと餅」という土産も売られている。兵庫県北部に生まれ育った私にとって、宮津は車で一時間もかからない身近な町だった。日本三景のひとつの天橋立があり、子どもの頃から遠足などで行く機会は多かったし、バスガイドの仕事でも何度も案内した。

コロナ禍で、移動が制限されている頃に、旅をしたくてたまらず、「他県への移動がダメならば、京都府内で」と、丹後地方にひとりで向かった。その際、途中で天橋立に寄った。いつもなら観光客で溢れているはずの場所なのに、人の気配もほとんどなく、お店も閉まっている。ただ一軒だけ開いているお土産物屋の二階の食堂で海鮮丼を食べた。客は私以外は、一組カップルがいるだけだった。

天橋立は、日本神話に登場するイザナギとイザナミというふたりの神様が、天沼矛《あめのぬぼこ》をかき回し国を作る際に降り立った天の浮橋だといわれている。三・六キロメートルの砂洲で、そこに植えられた松は雪舟の絵にも描かれ、風光明媚な場所として知られ観光名所となった。

私がそのときいたのは、天橋立の端にある、知恵の文殊といわれる智恩寺だった。食事の後、お参りをするが、やはり信じられないほどに人は少ない。

ひとりで海を眺めながら、かつてこの宮津で二週間ほど過ごした苦しい日々を思い出していた。

三十歳を超えた頃、私は仕事も京都での生活もすべて失って、地元に帰ってきた。初体験の男に貢いだ借金が膨れ上がり、家賃も滞納し、消費者金融からも連絡が行き、実家の親にバレたのだ。今すぐ帰ってこいと言われて、逆らえるはずがなかった。そうして大学も中退して、仕事も失い資格もまともな職歴もない、美しくもない女は、嫌いで出てきたはずの田舎町に戻ってきた。田舎で働くには車が必須だからと、短期間で自動車免許が取得できる合宿免許に申し込んだ。それが、宮津だった。両親は私の素行を不安がっていたので、実家の近くではないといけなかったのだろう。

宮津駅のすぐ近くの民宿が、合宿所だった。二段ベッドのある部屋の同居人は、長い金髪で、二十歳の若い女の子だった。綺麗な子だが、見てわかるヤンキーだ。彼女だけではなく、合宿のメンバーというのは、ほぼ全員、京阪神から来たヤンキーで、私は不安を覚えた。パッとしない地味な、今で言うなら「陰キャ」で、しかも劣等感のあまり男に貢いで実家に連れ戻された三十女の私とは、世界が違いすぎる。

帰りたくなったが、帰るわけにもいかない。それに、こんな事態を招いたのは、そもそも私なのだ。私がきちんと生きていれば、男に依存もせず、親に迷惑もかけなかったし、地元に戻ることもなかったのだから。もともと毎日、自分を責める日々ではあったが、妙に明るいヤンキーたちに囲まれて、さらに重苦しい気分になった。彼女たち彼らは、悪い人ではない。同じ部屋の娘も、気さくな娘だった。でも、だからこそ、気持ちが沈んでしまう。

そうして宮津での自動車学校通いが始まった。実家に戻ることがなければ、自動車免許なんて取得するつもりはなかったほど、車には興味がない。それでも学科試験は暗記すれば済むのだからと、高得点だった。ただ、実技となるとそうはいかない。あまりにも思い通りにいかず、教習の担当者の前で泣いたこともあった。そんな私をよそに、ヤンキーたちは巧みに運転している。「なんでそんなに運転うまいの？」と、同室のヤンキーに聞くと、「だってみんな、ずっと運転してるもん」と答えられた。無免許か!!

初めてハンドルをさわる私と無免許運転に慣れている人たちとは、そりゃあレベルが違う。ますます気分がどよんとした。私は、何もない。仕事も失い、男で失敗し、若くもなく、美貌もない、資格も技術もない、どうやって生きていけばいいのか。これから先のことを考えると、明るい未来なんて全く見えなかった。免許だって取得できる自信がなかったが、それすらできなかったら地元で職探しもできない。

こんな暗い私をよそに、ヤンキーたちは日々、明るく楽しく過ごしている様子だった。合宿所で初めて顔を合わせた者たちは気が合い、本来は男性と女性の部屋の行き来は禁じられているのだが、こっそり一緒に呑んでいるようだった。

あるとき、民宿の風呂に入った。温泉と同じように、男湯と女湯の暖簾がかけてあるのだが、風呂から出て、男湯の暖簾だったことに驚いた。さっき入ったときは、確かに女湯だったのに！　と、動揺した。私ひとりだったからいいけど、もしも裸で浴室にいるときに、男が入ってきたらと嫌な気持ちになった。あとで聞くと、暖簾を入れ替えたのも、ヤンキーたちのいたずらだったらしい。あまりにも子どもっぽいが、いい迷惑だ。けれど、そうやって無邪気にこの生活を楽しめる彼ら彼女らが、ひたすら羨ましいのが本心だった。


丹後地方は、蟹で知られている。冬になると、京阪神から多くの人が蟹を食べに訪れる。宮津もあちこちで蟹のオブジェが見られる。私たちが泊まっていた民宿も、一日だけ蟹食べ放題のサービスがあった。冷凍のロシア産の蟹ではあったけど、食べるぶんにはわからない。

民宿の付近には飲食店などもなく、ついでにお金もないので、朝晩は民宿のご飯、昼は合宿所で弁当という生活の中で、私も蟹を楽しみにしていた。京都に住んでいたときは、高くて蟹なんて食べる機会はなかった。そうして殻付きの蟹を口にしたときに、嫌な感触があった。

前歯が欠けたのだ。

もともと薄くなってはいたけれど、一番目立つ位置の歯が欠けて、一気に食欲を失い、それよりも歯が欠けたこの顔を見られたくなくて、ほとんど食べずに部屋に戻った。鏡で自分の顔を見ると、あまりにも間抜けすぎる。翌朝、歯医者に行って仮の歯を作ってはもらったが、そこだけ白くて不自然で、またしても暗鬱な気分になった。

合宿も半分が過ぎた頃だろうか、部屋にいると、同室のヤンキーが喋りかけてきた。

「今日、○○くんとエッチしちゃった」
○○くんというのは、同じ民宿に泊まっているヤンキー男子だ。
え？　大阪に彼氏いるって言ってなかったっけ？　と問うと、「彼氏はいるけど、会えないし～○○くんが好きだって告白してきたから」と全く罪悪感なく返された。

でも、どこで？　と聞くと、「ここ」と彼女は答える。

え！　私が今いる部屋で？　私の上のベッドで、セックスしたの？？　私が教習所で必死に運転している間に！

器用に運転もこなし、罪悪感もなくセックスできる、軽快に生きるヤンキーにくらべ、私はいちいち悩むし罪悪感の塊だし、なんだか自分があまりにも人間として小さい気がしてならなかった。そして彼女たちは、セックスも、「したいから」と、簡単にできてしまうのだ。モテないあまり、二十代半ばで消費者金融で借金したお金と引き換えに、セックスをしてもらい、そのあげくに何もかも失った私とは、生きる世界が違いすぎる。私は、底辺なのだ。人としても、女としても、この世界からこぼれ落ちている劣等生だというのを、思い知らされた。

もう、だめだ。終わりだ、生きていく自信がない。そもそも、借金が親にバレたときに、死ねばよかったんだ。もともとそのつもりで生きてきたのに、どうして私はあのとき、死ななかったんだろう。

五十歳に手の届いた今となっては、三十歳を少し過ぎたぐらいで、なんであんなに「自分は若くない」と思い詰めていたのかわからないけれど、当時の私は未来のない自分は死ぬしかないと本気で思って過ごしていた。それでもなんとか右往左往しながらだいぶ運転はできるようになっていた。けれど卒業できるかどうかはわからない、卒業できなかったらどうするんだ、まだ宮津の民宿から出られないのか。今いるヤンキーたちが出ていっても、次にはまた新たなヤンキーたちが来るはずだ。そして劣等感を増幅させるのかと考えると、つらかった。

その日は、早めに宿に戻ったが、夕食まで時間があるので、私は外を歩いていた。開いているお店もないので、ただ歩くだけだったが、駐車場に見たことのあるバスが並んでいた。ふと、バスのナンバーを見て、声が出そうになった。添乗員をしていた頃、何度か一緒に仕事をしていたHさんの車番だ。まさかと思ってバスに近づくと、運転席にHさんがいて驚いた顔をされた。

待機中だからと、私はバスに招かれた。「なんでここにいるん？　というか、どうして急に仕事辞めたん？」と聞かれ、私は男に貢いだ借金のことから正直に話した。「そうか、いろいろあるんだな」と、Hさんは余計なことも言わず、聞いてくれた。Hさんは、背が高く西城秀樹に似ていると、皆の憧れの運転手だったが、私は仕事を辞めて、もう二度と会うことはないだろうと思っていたのに、まさか宮津で再会するとは驚いた。

一時間も話はしていなかったと思う。そろそろお客さんが帰ってくる時間となり、メールアドレスを交換して、「じゃあ、また。頑張れよ」と言われ、私はバスを離れ宿に戻った。Hさんと会えて、話ができたことで、ずいぶんと気持ちが楽になっていた。

頑張れなんて言われたのは、久しぶりで、心が救われた。

まだ、もう少し、生きていこうという気になっていた。

無事に自動車免許をとって私は卒業し、宮津から実家に戻った。今でも、宮津駅の近くを通ると、自由にセックスを楽しんでいたヤンキーたちへの劣等感を思い出すけれど、昔のように苦しくはならない。

この世に、「女」であることで
金銭を得たことがない者が、
どれだけいるのだろうか。

長崎

二〇二〇年一〇月

遊びに行くなら花月か中の茶屋　梅園裏門叩いて丸山ぶうらぶら
「長崎ぶらぶら節」

新型コロナウイルスの感染がいったん収まりかけたかのようにみえた二〇二〇年一〇月、私はＧｏＴｏキャンペーンに思いっきり乗っかって旅に出た。最初に浮かんだ行先は、九州で唯一未踏の地だった長崎だ。

空港からバスで市内に入り、駅前のホテルにチェックインして、路面電車に乗り「思案橋」という駅を降りる。この先には、江戸時代に日本三大遊郭のひとつといわれた丸山遊郭があった。行こうか戻ろうか迷う思案橋そのものは既に存在しておらず、駅の名前として残っているだけだ。スナックなどが建ち並ぶ細い道を少し歩くと、「丸山公園」と書かれた小さな公園があり、亀山社中にいた頃、よく訪れたという坂本龍馬の銅像が建っていた。丸山遊郭には、あっけないほど簡単に辿り着いた。公園のすぐ傍の古い建物の前にタクシーが停まり、芸者が降りてきた。芸者が入っていった建物には「長崎検番」とある。丸山は、現在も芸者が二十人ほどおり、料亭から呼ぶこともできるのだ。

長崎検番の前を通り、料亭青柳に上る階段のもとにある丸山遊郭の説明板を読んだ。鎖国をしていた江戸時代、出島や唐人屋敷に出入りを許されていたのが丸山遊郭の遊女だった。説明板では、彼女たちのことを「国際コンパニオン」と表現してあったが、外国人相手の娼婦、とはさすがに書けないのだろう。

梅園神社、中の茶屋の前を通り、散策する。あちこちに標識や説明板があり、非常に歩きやすい。「遊郭」を負の歴史だとして、住民が快く思わない例は多い。最近も関西のある遊郭跡で石碑を作ろうとして、反対する人たちの記事を読んだ。けれどこの丸山遊郭は、現在進行形で芸者たちがいる花街であるからか、観光地として整備されている。作詞家で小説家のなかにし礼が一九九九年に発表し直木賞を受賞しベストセラーとなった「長崎ぶらぶら節」が、吉永小百合主演で映画化されたことにより、観光名所となったのも大きいのだろう。そのせいか、この街にはうしろめたさを感じられない。

翌日も路面電車に乗り平和公園に向かうと、修学旅行生だらけだった。コロナ禍で、京阪神や東京方面へ行く学校が減り、その分、こちらに来ているのかもしれない。快晴で、公園に咲く花々も美しい。原爆資料館に入り、おぞましい戦争の痕を眺める。私は京都奈良中心にバスガイドをやってはいるが、正直なところ、京都奈良なんて大人になったらいつでも来られるし、修学旅行ではお寺や娯楽施設よりも、広島や長崎に来て、戦争がどういうものであるか目で学ばせるべきだと思っている。どれだけ不条理で、残酷なものなのか、と。

いったん宿に戻り、再び路面電車に乗り、昨日と同じ思案橋の駅で降りて、「浜勝」という店に向かった。旅先では現地のものを食べることにしていて、昨夜は新中華街でちゃんぽんを口にし、今日は「卓袱《しっぽく》料理」をいただくつもりだった。卓袱料理というのは、和、洋、中が混ざった大皿料理で、丸山遊郭の遊女が中国人やオランダ人の相手をしたように、唯一外国と交流があった長崎そのもののような料理だ。幾つか店はあったが、「浜勝」は、予約なし、おひとり様OKだと知り、そのまま向かった。個室に案内してもらい注文すると、次々に料理が運ばれてくる。早い時間だったのもあるが、客は私ひとりだった。きっとコロナ禍でなければ賑わっているだろうに。昨夜行った新中華街も、幾つか店が休業していたし、開いている店もメニューが限定されていた。刺身に豚の角煮、ハトシという海老のすり身のパン粉揚げや中華スープなどが出てきて、締めはお汁粉だ。さすがにお腹いっぱいになり、宿に戻る。

　若い頃ならば、夜の街を歩いたかもしれないけれど、もう体力がない。けれどそれ以前に、コロナ禍によりどの街も静まり返っている。「県内のお客様以外はお断り」という張り紙のお店も見つけた。

　次の日の午前中は軍艦島周遊クルーズを申し込んでいた。本当は上陸もしたかったのだが、九月の台風により破損個所があり上陸禁止になっていた。しかも、この日も台風が近づいていて、出航するかどうかは朝に決まると連絡があった。

朝七時に、船が出る旨のメールがあり、荷物を片付けてチェックアウトし、港に向かう。軍艦島は正式には端島という。明治から昭和にかけて海底炭鉱で栄え、一時期は東京都以上の人口密集度だったという。島の中に集合住宅、学校や教会もあったが、一九七四年の閉山により現在は無人島となり、二〇一五年には世界文化遺産に登録もされた。島そのものが廃墟であり、ブームになるほど多くの人が訪れた。「軍艦島」と呼ばれるようになったのは、戦艦「土佐」にその姿が似ているからだとされている。

時間になり、船に乗り込んだ。コロナ禍で観光客はいつもより少ないはずだが、賑わっていた。船は港を離れ、海に向かう。案内のアナウンスを聴きながら、景色を眺めていた。快晴だが、台風が近づくせいか波が少し荒く、酔ってきた。しばらくして、軍艦島が近づいてきた。写真で散々見ているせいか、思ったほどの迫力はなかった。しかし、実際に上陸したら、違うのだろう。

廃墟となった無人の島だが、かつてはここにも遊郭があった。三つあり、ひとつは朝鮮人労働者のためだったという。こんな小さな島にも、男たちの性が吐き出される場所が必要とされていたのだ。彼女たちも「国際コンパニオン」なのだろうか。

娼妓と芸者の違いは、春を売るものと、芸を売るもので全く別だという人もいるが、今はともかく、昔の芸者は旦那がいて、つまりはセックスと引き換えに生活のための金銭を得ていたのだ。芸者だけではなく、良妻賢母とされている女だって同じじゃないか。この世に、「女」であることで金銭を得たことがない者が、どれだけいるのだろうか。私だって、「バスガイド」という、男に好奇心を抱かせる看板を掲げているが、これだって最初は「女を売る」ためにだった。そもそも女が官能小説を書くということで、デビューしたての頃は、バスガイドの制服を着て胸の谷間を見せるような写真を雑誌の取材で望まれるままに撮らせたこともある。

娼婦と、そうでない女の線引きなんて、ひどく曖昧なものだと思うのに、世の中の多くの人たちは、娼婦を特別な女だと信じ軽蔑する。あるいは娼婦に過大な期待を寄せ、聖女のように崇める男たちもいるが、それも滑稽だ。

こんな小さな島にも娼婦は必要とされていたのだと考えながら、私は島を眺めていた。港の近くには三菱の造船所も目に留まった。三菱財閥の創始者である土佐藩士・岩崎弥太郎は、丸山遊郭で遊びすぎて公金を使い果たし、無断で帰藩し役職を失ったのだという話を思い出した。

ぐるっと島を周ったあと、船は港に戻る。軍艦島があっという間に遠くなり、消えていった。あの廃れ具合では、近い将来、あの島は上陸できなくなるかもしれない。そして本当に朽ちていくだろう。

「国際コンパニオン」のいた街を後にし、私は台風から逃げるように京都に戻った。

背徳的な欲望を持った人間は、
逃げ場を失って、どこに行けばいいのだろう。
どうやって生きればいいのか。

高知

二〇二〇年一一月

「なめたらいかんぜよ！」

数年前、京都国際映画祭の五社英雄特集で、久々に『鬼龍院花子の生涯』を大きなスクリーンで見た。とにかく、夏目雅子の美貌と色気が圧巻だった。冒頭の台詞は、映画の中で夏目雅子が啖呵を切る際に吐かれたもので流行語ともなったが、原作には登場しない。原作の小説の著者は、宮尾登美子。高知の遊郭に生まれ育ち、父親は娼妓斡旋業、つまり女衒だった。出世作『櫂』にも描かれているように、宮尾を育てた母は、産みの母ではない。父が外に産ませた娘を引き取り育て溺愛したが、母も宮尾自身も、女を遊郭に紹介する家業にうしろめたさを持ち続けた。

二〇一八年、林真理子による宮尾登美子の評伝『綴る女』が刊行され、読むと高知に行きたくなった。そして二〇二〇年の秋、飛行機で高知龍馬空港に降り立った。高知は二度目だが、前回は十数年前、よさこいの日に日帰りバスツアーで客として来たことがあるだけだ。京都から日帰りなので、時間もなく、がっかり名所のはりまや橋が、本当にしょぼかったことだけしか記憶にない。

高知龍馬空港からバスで高知駅に移動し、駅前のホテルにチェックインをする。それにしても、ここに来るまでに、何度坂本龍馬を見ただろう。空港の名前はまんまだし、駅の観光案内所には「リョーマの休日」と、ローマの休日とかけたキャンペーンポスターが貼られ、駅前には坂本龍馬、中岡慎太郎、武市半平太の大きな像があるが、とにかく龍馬を推している。以前、高知出身の漫画家・西原理恵子が「あれは龍馬が偉いんじゃない、司馬遼太郎が偉いんだよ」と書いていたが、その通りだ。私たちが知っているのは、司馬遼太郎の『竜馬がゆく』の坂本龍馬だ。そう考えると、司馬遼太郎の観光貢献度は本当にすごい。

荷物を宿に置いたあと、路面電車に乗って高知城に向かう。路面電車がある街は、無条件で「いい街だ」と思ってしまうほどに、和む景色だ。

高知城の石段を上る途中に山内一豊の妻・千代の像があり、「出た！　内助の功！」と口にしそうになった。大河ドラマ『功名が辻』でも知られているこの夫婦は、馬比べの際に千代がへそくりを差し出して名馬を買ったおかげで、夫が信長の目にとまって出世したという内助の功伝説がよく知られている。表に出すぎず、けれど「夫を立てる妻」の姿は、現代に生きる私にとっては素直に称賛できない物語だ。昔の話と言えばそれまでだけど、男尊女卑の象徴のように思ってしまう自分のうるささも少しばかり鬱陶しい。

高知・土佐はもともと長曾我部氏が治めていたが、関ヶ原の戦いで西軍につき改易され、山内一豊が土佐藩主となり、城を築く。高知の街は坂本龍馬推しだが、私は同じく司馬遼太郎が描いた幕末の土佐藩主・山内容堂を描いた『酔って候』も好きだ。とにかく酒好きだったらしいし、高知の人も酒好きなイメージがある。

城から下りて、夕方には少し早いが、「ひろめ市場」に入る。様々な飲食店が入る、フードコートのような施設だ。まだ夜ではないけれど、驚くほど人がいて、やはりみんな酒が好きなのか。私はビールと鰹のタタキ、鯨のから揚げを注文する。高知に来る楽しみのひとつは、やはり鰹のタタキだ。ポン酢もあるけれど、塩で食べるのをすすめられ口にするが、有無を言わせぬうまさだ。早めに店を出て、喫茶店で一服し、宿に戻り眠る。

翌日は朝食をとらず、昼前にはりまや橋の近くの料亭「得月楼」に入る。ネットの情報の通り、予約なしでひとりでもいけたし、ランチタイムは手ごろな値段でお弁当が食べられる。「得月楼」の前身は、「陽暉楼」、映画にもなった宮尾登美子の小説に登場する遊郭で、場所と名前を変え、現代に残っている。廊下には、宮尾登美子の本も飾ってあった。かつて宮尾登美子が恥じた自身の出自が、こうして小説になり多くの人に知られ、今では故郷の誇りのように掲げられている。

昼を早めに食べて、バスで桂浜に行った。ここにも浜を見下ろす大きな坂本龍馬の像がある。高知はどこに行っても龍馬から逃がれられないのか。嫌いじゃないけど、洗脳されそうだ。ツイッターで話題になっている桂浜水族館にも入った。水槽に足を入れると角質を食べてくれるドクターフィッシュの説明書きには「角質だけじゃなく、確執も食べてくれたらいいのに」などと書いてあり、いちいち面白い。小さな水族館だけど、ふらっと見るのは、ちょうどよかった。砂浜を少し歩いて、バスに乗って街に戻る。桂浜は綺麗な場所ではあったが、「月の名所」なので、きっと夜に来たらもっといいのだろう。

街中に戻り、はりまや橋の近くの居酒屋に入る。高知といえば、鰹のタタキ、鯨、そして皿鉢《さわち》料理だ。皿鉢料理は、皿に刺身を山盛り載せたもので、ひとり旅だと食べられないと思っていたが、事前に調べると、二軒ほど「ひとり皿鉢料理」を出してくれる店があったので、そのうちの一軒に向かった。ビールの小と、二千八百円のひとり用皿鉢料理を頼むと、それだけでお腹がいっぱいになり満足し、宿に戻り早めに風呂に入りベッドに横になる。もう最近はどこに行っても夜遊びなどする元気もない。

翌朝は喫茶店でモーニングを食べ、路面電車で今回の旅の目的の場所に向かう。高知には、かつてふたつ大きな遊郭があった。稲荷新地と、玉水新地だ。宮尾登美子の生家があるのは稲荷新地だが、そこは第二次世界大戦の空襲もあり、当時の様子は全く残されていない。昨日、桂浜に行く際のバスでその付近を通ったけれど、確かにそれらしき様子は見えなかった。

もうひとつの玉水新地は、まだ建物なども健在であるとも聞いたので、少しだけその付近に行ってみるつもりだった。土佐電鉄の駅で降りて信号を渡り、地図を見ながら歩くと、すぐにわかった。確かに古い旅館が川沿いに幾つか残り、入口にはベンチがある。このベンチは、「やり手」客引きの女が座るのか、それとも順番を待つ客のためなのか。

住民らしき人の気配はあった。何しろ午前中なので、「客」の姿はない。夜になると、やってくるのだろうか。それにしても、繁華街から離れた、古い民家の建ち並ぶこの場所で、わざわざ女を買いに来る男も、売る女も、どのような人たちなのだろう。賑やかな場所ならば、輝く明るいネオンの風俗店が存在する。店舗がなくてもホテルを使った風俗だってある。いくらでも、少しばかりのお金さえあれば、若くて可愛い娘たちと遊べる場所はある。今、私がいる場所は、きっと夜には人の気配もなく、暗いはずだ。旅館の看板の灯だけが闇の中に浮かんでいる光景が目に浮かぶ。

長崎の丸山遊郭に行った際に、そこは小説の舞台になり観光地となったことや、現在では芸者はいても娼妓はいないのもあり、「うしろめたくない遊郭」だと感じたけれど、ここは真逆だった。街はずれの暗い川沿いの旅館に訪れる男と、春を売る女。そこにはうしろめたさしかない。どんな女がいるのだろう、若いのか老いているのか、美しいのか美しくないのか、どうして春を売るのだろうか。

この地に女を買いに来る男は、うしろめたさを求めているような気がしてならない。

今の時代、セックス産業は、昔のようなうしろめたさや背徳感を失いつつある。AV女優たちは、テレビにも出て、若い女の子たちの憧れの存在となり、風俗産業に従事する女たちもSNSで積極的に顔を出して人気を得る。そしてセックス産業に関わる人たちが、「必ずコンドームをつけて」「AVはファンタジーだから」と、「健全なセックス」を発信する。

それはきっと、正しいことだ。けれど、私は近年、年齢のせいもあるだろうけれど、昔のようにAVを見なくなり、ポルノへの興味が急激に失せた。私が長年、AVをはじめとしたセックス産業に強く惹かれていたのは、そこにある「うしろめたさ」に欲情し、社会からこぼれ落ちて流れ着いた人たちに共感していたからだ。

ある男性作家と話していた際に、「官能って、なんだと思う？」と問われ、とっさに「うしろめたさ、背徳感」と答えたことがある。官能小説は「タブー」を扱うものが多い。近親相姦であったり、不倫であったり、SMなどと、健全ではない、社会から「悪いもの」とされる関係が多く登場する。人は背徳感で興奮する。結婚した男女がセックスレスになりがちなのは、その関係が健全であるからというのも理由のひとつに違いない。私自身が団鬼六が描く、ひとりの高貴な女が、男たちに自由を奪われ辱められる物語に目がくらむほど興奮していた。

けれど時代と共に、背徳的なものはこの世に存在しにくくなっている。「女性用」とされるAVでは、イケメンの爽やかな男優が、丁寧で優しいセックスをする。女性を傷つけない、お手本のようなセックスだ。けれど私は、そういうものを見ても、全く性的に興奮しない。激しく乱暴に扱って欲しいという欲望を持つことは、いけないのだろうかと、自問自答せずにはいられない。セックスにおいては、支配され所有されたいと思う女だっているはずなのに。欲望なんて、そもそも健全なものであるはずがないのに。正しくなろうとしている性の世界には、歪が生じ、居心地が悪くなっている。

背徳的な欲望を持った人間は、逃げ場を失って、どこに行けばいいのだろう。どうやって生きればいいのか——たまに、それを考える。

川沿いの道を歩くと、小さな橋があった。腰をかがめてみると、「しあんばし」とある。長崎の丸山遊郭にも地名だけ残されていた、いこかもどろか「思案橋」だ。橋は古来より、あの世とこの世の境界の場所だったという。この橋を渡ると、その先にあるものは、地獄なのか極楽なのか。

私はまだしばらく、うしろめたさを抱きながら、地獄に足を突っ込んでいたい——そう考えながら、土佐を歩いた。

若い頃は、死にたいと思わない日はなかった。
けれど私は図太く生きながらえてしまい、
五十歳を迎えようとしている。

恐山

二〇一九年五月

旅はひとりがいい。寂しいねなんて、言われることがあるけれど、ひとりで景色を眺め、食を楽しみ、孤独にひたるこそが旅の醍醐味だ。そう思っていたけれど、二〇一九年の初夏の旅は、思いがけぬ同行者がいた。四月に東京に滞在していたときに、たまたま電話をかけてきた、貧困や売春をテーマにベストセラーを連発している友人のライター・中村淳彦と飲むはめになった。その際、「来月、恐山行く。楽しみ」と口にすると、「俺も行く」と、言われた。

「へ？　なんで？」と問うても「とにかく、行くから」と返され、まあ中村さんなら全く気を使わないし、周囲も変な誤解もしないしなと思って、断らなかった。

実のところ、この日に呼び出されたのは、彼がある深刻な事案を抱えていたからだ。彼の長年連れ添った妻が、医者に「もう長くない」と宣告されていたのだ。

比叡山、高野山と並び、日本三大霊山と知られる青森県むつ市の恐山は、亡くなった人たちが集まり、イタコと呼ばれる人たちにより霊の声を聞けることで知られている。けれど実際には、イタコは今はもう数も少なく、夏の大祭ぐらいにしか来ない。それでも、死者が集まる山には、ずっと興味があり行きたかった。

もう一ヶ所、青森には訪れたい場所があった。八戸市の、遊郭をそのまま宿にした「新むつ旅館」

だ。大阪空港から三沢空港へ飛び、そこからまず八戸の街に行き、宿に入る。「新むつ旅館」は、想像以上に豪奢な遊郭の造りがそのまま残されており、迫力があった。旅館の女将さんは、東京から新むつ旅館のある小中野に嫁入りしたというが、ここが遊郭であったことは知らなかったという。

遊女たちの念が籠る宿は、怪談に相応しいけれど、特に何もなくゆっくり眠った。翌朝、朝食を食べ、女将さんに旅館の案内をしてもらう。資料等がある部屋に、見慣れた……いや、最近は滅多に目にすることがないものが並んでいる。男性器だ。いわゆる「張り型」というやつか、木製でペニスを模している。

「これに紐をつけて、ころころ転がすの。お客さんが来てくれるようにって」

女将さんが、そう説明してくれる。何度も転がされた男性器はテカりを帯び、重厚感がある。さすが遊郭だと感心しながら眺めた。「新むつ旅館」には、当時の宿帳も保存されている。客の特徴などが書いてあるのは、「港町でしょ。荒くれものが多かったから、何かあって警察が来たときに、お客さんの特徴を説明しやすいようにしてあるの」ということだった。

中村淳彦とその友人が、迎えに訪れたが、「新むつ旅館」を見て、「すごいな」と、感心している様子だった。三人で青森まで行き、そこから中村淳彦の運転で、ふたりで下北半島に向かう。

「遠い……」

運転席の中村淳彦が、つぶやく。途中、六ケ所村を通過すると、風力発電の風車が目の前に現れた。ここは原子力施設、国家石油備蓄基地など、エネルギー関連の施設が集中している。税金が投入されて豊かな村だとは言われているが、そもそも冬になると雪も多く、産業が少ない青森県だから建てられたのだと聞くと、そこに住む人たちの葛藤をも想像する。青森には自衛隊基地も、米軍の飛行場もある。

途中、ドライブインでホタテ尽くしの昼食をとり、ゆるやかな山道を登っていく。

「ちょっと、あれ何？　首がない」

中村淳彦の声が脅えている。山道の脇にお地蔵さんがいるのだが、ほとんど首がないのだ。

「……なんか、怖いよ。どうしよう、ヤバいよ」

「中村さん、そもそも私が無理やり連れてきたんちゃうやろ。あんたが来る言うたんやろ。それに『恐山』というぐらいだから、明るく楽しいところのはずないやろ」

「それもそうだねー。はっはっはー」

と、中村淳彦は笑い、車を停めて首なし地蔵の写真を撮りだした。さっきまで怖がっていたくせに。

私たちが向かっているところは、正式には恐山菩提寺という曹洞宗の寺だ。恐山は活火山で、ところどころから硫黄の臭いのする蒸気が湧き、剥き出しの岩肌、そして宇曽利山湖という水の澄んだ湖があり、その光景が地獄を連想させる。そして古来より、人は死んだら恐山に行くのだと伝えられてきた。

私たちはまず三途の川の手前で車を停め、外に出る。むせ返るような硫黄の臭いだ。この世とあの世をつなぐ三途の川の傍には、死者の衣服を剥ぎ取る奪衣婆《だつえば》と、生前に犯した罪を測る懸衣翁《けんえおう》がいた。

私は死ねば地獄に堕ちるだろうとはずっと思っている。今でこそ作家づらして偉そうに振舞っているが、人に言えないような罪も、たくさん犯してきた。そもそも愛欲に狂い人を苦しめ、それを描いていることは十分に地獄行きの資格がある。紫式部だとて、愛欲を描いた罪で地獄に堕とされたといわれているのだ。

隣にいる中村淳彦と、十年前、初めて京都で会ったとき、どれだけ自分たちが底辺であるか、そんな話をしていたのを思い出した。いや、今だとて、変わらない。本を出し、そこそこ売れても、いるのは底辺だ。欲に狂った者たちや、貧困、売春、そういう社会からこぼれ落ちた人たちをネタにしているふたりが、今から地獄に行こうとしている。

三途の川の先にある恐山菩提寺の駐車場に車を停め、私たちはお参りをしたあとで、賽の河原を歩いた。ところどころで風車が回っている。風もないのに――。

賽の河原は、三途の川のほとりで、親より先に死んだ子どもたちが石を積み上げるという罰を受け、それを地獄の鬼が崩す場所だ。繰り返す石積みの苦行から子どもを救うのが、お地蔵さんだといわれ、すっくと石の山に立ち地獄を見下ろす地蔵菩薩がいた。地獄だが、救いは用意されているのだ。ところどころ岩から硫黄の煙が立ち上がる。ここには無数の地獄があり、「無間地獄」「血の池地獄」「重罪地獄」などを見て周る。

この世は地獄だとは、いつも思っている。生きているだけで、悲しいことや辛いことが押し寄せて、避けられない。どうしてこんな想いをして地獄を生きていかなければならないのかと、昔は何度も考えた。若い頃は、死にたいと思わない日はなかった。けれど私は図太く生きながらえてしまい、五十歳を迎えようとしている。

私は地蔵菩薩を眺めながら、近年、身近で亡くなってしまった人たちのことを考える。自ら命を絶った者もいるし、酒に溺れて死に向かった者、心を削り病んで亡くなった人たちのことを。彼らはここにいるのだろうか。

その日は快晴で、深い色の湖は美しく、まるで極楽浄土のようだった。来る前は、もっとおどろおどろしいところだと思っていたが、全くそんなところはない、美しい場所だった。こんなにも美しい場所ならば、亡くなった者たちも苦しみから解放されているような気がした。そして自分も、必ずいつかは、そこに向かう。死だけはすべての人間に公平だ。

中村淳彦がここに来たのも、彼が描いているのはこの世の地獄だから、相応しい場所だとも思った。私もそうだ。逃れられない愛欲の地獄を描くことが、やめられない。セックスの世界から、離れられない。まだまだ悟りの境地になど辿り着けない。

中村さんが、売店で、「病気平癒」のお守りを購入していた。彼の妻は、良くなることはないと言われてはいたが、それでも苦痛を少しでも楽にするようにという願いを込めたのだろうか。多くを語らない男だが、彼の中でも何かに縋りたい、祈りたい気持ちが芽生えて、ここに来たのかもしれない。妻の病を知ったあと、彼は「可哀想だ」と、高田馬場駅で泣きじゃくったと聞いた。

その日は、彼は山を下りてビジネスホテルに泊まり、翌日に東京に戻った。私はそのまま恐山の宿坊に泊まり、夜に誰もいない境内の中の温泉に浸かった。部屋の窓からは、岩山の上にそびえる地蔵菩薩の姿が見えた。

この世は地獄だ。けれど、地獄には人を救う仏がいる。それを探して生きていくしかない、いつか力尽き、命が絶えるその日まで。もともとずっと死にたいと願い生きてきた私は、未だに希望など持っていないし、未来も見えない。ただ死ねないから生きているだけで、自分は「死にぞこない」だと思っている。

朝起きて、地蔵堂でお勤めをする際に、トイレの前で、思いがけず、新むつ旅館にあったのと同じ、木でできた男性器が祀られているのを見つけた。どこに行っても、これからは逃れられないらしく、私はまだ愛欲の地獄を彷徨っている。

人は弱い生き物だ。
様々な鎧を纏って心身を守り、
生きている。

甲子園

二〇一九年一一月

空が広い、まずそう思った。

芝生の緑がまぶしく、空の青と共に鮮やかで、美しい。

生まれて初めて足を踏み入れた野球場は、想像以上に広くて、ほぼ満員の客席から溢れる熱気に圧倒された。

私は中学生だった。夏休みを利用して、大阪の天王寺で玩具問屋を営んでいる祖父の弟夫婦の家に世話になっていた。「大阪のおばちゃん」と私が呼んでいた、祖父の弟の妻は、料理上手の気がきく人で、兵庫北部の田舎から出たことのない私を連れて電車に乗り、西宮に来た。車の移動しかできない地域に住んでいたので、電車そのものが新鮮だった。五分、十分毎に電車が来るので時刻表を確認しなくていいことも、ＪＲ以外の「私鉄」の存在も驚きだった。

真夏だったはずなのに、暑かったという記憶はない。ただ、球場から見た空が広くて青かったことが強く印象に残っている。大阪のおばちゃんが私を連れていってくれたのは、甲子園球場だった。テレビでしか見たことのない蔦の絡まる球場では、夏の高校野球大会が開催されていた。

大阪代表は、ＰＬ学園。

野球をそれまでテレビでちゃんと見た記憶はない。両親も祖父母も、野球に関心がない家だった。

ただ、『ドカベン』など、野球漫画はよく読んでいたのと、小学生のときにソフトボールをやっていたので、ルールをうっすら知っていたぐらいだ。

けれど生まれて初めて見る「生」の野球に私が圧倒されたのは、凄い選手がいたからだ。当時、甲子園を席巻していたのは、PL学園のふたりの球児だった。ピッチャー桑田真澄、四番清原和博——日本中が、「KKコンビ」と呼ばれたこのふたりに沸き立っていた。

まさに私が見ているのは、KKコンビが出場していた試合だった。カキィーンと、球場中に球にバットが当たる音が響き、大きな放物線を描いた白球が外野席に放り込まれ、歓声が沸く。グラウンドから目が離せなくなった。

数日後、私は今度はひとりで甲子園に行った。もう一度、どうしても彼らが見たかった。試合終了後、球場を出て人混みにもまれながら、選手たちの出入り口に向かうと、やはりそこは人だかりができていた。

みんな、私と同じで、近くでPL学園の選手たちを見たかったのだ。バスが道路に横づけされ、しばらく待つと、前のほうから声があがる。選手たちが現れた。

列の中にいる清原和博は、すぐにわかった。ひときわ身体が大きかったからだ。選手たちは無言で列になり、小走りですぐバスに乗り込んだ。一番最後に、桑田真澄がいた。あんな小さな身体で投げ続け、ホームランを打つのかと驚いた。

それからはずっと、ふたりのことが気になっていた。清原が無念の涙を流し、桑田が世間から憎しみをかったあのドラフト会議も、複雑な気持ちで眺めていた。

球場に行く機会ができたのは、それから数年後だ。知り合いの女の子が、「藤井寺球場の招待券、二枚もらったんだけど行きません？　近鉄対西武戦です」と声をかけてくれた。西武ライオンズ……といえば、清原がいる！　そうして私は今はなき藤井寺球場へと足を運んだ。

私が知っているのは昼間の甲子園だけなので、ナイターで客席もまばらな、おっちゃんたちがビールを飲みながら観戦しているプロ野球の試合は、中学生の頃に見た甲子園とは別世界だが、それはそれで面白かった。グラウンドには、西武ライオンズのユニフォームを着た清原がいた。ドラフトを経て、常勝軍団・西武に入団した清原は、一年目から活躍し、プロ野球界でも注目されるスターとなっていた。

清原もだが、あの頃の森祇晶監督率いる西武は、すさまじかった。三番秋山、四番清原、五番デストラーデ、工藤と渡辺久信、辻、伊東勤、石毛……あの頃の常勝軍団のメンバーの多くが、現在でも指導者として球界にいることを考えると、改めて凄いチームだったたと思う。

藤井寺球場で初めてプロ野球の試合を見て、西武ライオンズの強さを目の当たりにし、私はすっかり夢中になった。「週刊ベースボール」と「Number」を愛読し、ノンフィクションを読み漁り、ひとりで藤井寺に足を運ぶようになった。スーパースター清原和博の姿を見るために。

一方で、ドラフト会議ですっかり悪役となった桑田は、その後も、登板日漏洩疑惑、女性スキャンダル、「投げる不動産屋」などと揶揄され叩かれ続けていた。それでも彼は、ＰＬ学園時代と変わらず、淡々と野球に打ち込み成績を残していた。その影には、どれほどの苦しみや葛藤、そして凄まじい努力があったのだろう。あの頃の桑田の置かれた状況を考えると、二十代前半の若者の、その精神力の凄まじさに驚嘆する。

スターとなった清原も、ときどき女性との写真が週刊誌に載り、また豪快に飲み歩いている話も耳にした。

印象的だったのは、一九八七年の対巨人との日本シリーズだ。西武優勝まであと一歩の九回表、ファーストを守る清原が泣き出した。驚いてセカンドの辻が清原に声をかける。サード石毛も、なんだという表情を見せている。自分を指名しなかった巨人、そして王監督に対する想いがこみ上げてしまったのだろう。

大舞台で「魅せる」清原は、日本中から愛されたスーパースターだった。

大学を中退し就職して球場から足は遠のいたけれど、テレビでは見続けていた。三十歳を過ぎて、実家に戻り就職した旅行会社の仕事で、久々に球場に行く機会ができた。

当時、阪神タイガースにいた能見篤史（オリックスを経て二〇二二年引退）は、豊岡市出石の出身だ。親戚が後援会を作り、バスで甲子園に阪神の試合を見に行くのに、何度か同行した。その際に、ジャイアンツ時代の清原を見たことがある。

いつからこんな鈍重な動きをするようになってしまったのか。ベンチから守備位置に着く際も、戻ってくるときも、清原だけは遠目からでもよくわかる。のっしのっしと重苦しい動きをするからだ。肉体改造に失敗して身体が大きくなりすぎた、とも報道されていた。それ以上に、清原は人相が変わった。日本シリーズで泣いた「少年・清原」の面影はどこにもなかった。

桑田真澄はジャイアンツから大リーグに挑戦をし、パイレーツでは中継ぎとしてメジャー昇格も果たしたが、二〇〇八年に現役引退した。清原和博は西武ライオンズから、読売ジャイアンツ、オリックスバファローズを経て二〇〇八年引退。ほぼ同時期にグラウンドから去った。

仰木彬監督により声をかけられ、オリックスのユニフォームを着た清原の引退は、球団により「男の花道」というサイトを作られ、当時、大阪の地下街にも大きくポスターが貼られていたのを覚えている。スーパースター清原に相応しい華やかな引退をという演出だった。それぐらい、清原は愛されていた。

引退して、清原の身体には、昇り龍が彫られた。解説の仕事をドタキャンしたり、早くから週刊誌でも覚醒剤疑惑、記者への暴力が報道されていた。

一方、桑田真澄は引退後、早稲田大学大学院でスポーツ科学の修士を取得、修士論文では最優秀論文賞を受賞した。東京大学運動会硬式野球部の特別コーチや、日本野球機構「統一球問題における有識者による第三者調査・検証委員会」の特別アドバイザーも務め、PL学園野球部OB会の会長にも就任した。また特別コーチを務める東大の大学院総合文化研究科の研究生に合格し、生命環境科学系身体運動科学研究室にて研究を続け、二〇二一年にはジャイアンツ投手コーチに就任し、ひたすら「野球」の道に生きている。

清原は、二〇一六年に覚せい剤取締法違反にて現行犯逮捕された。疑惑が出てから、薬物摂取を否定してきた末の逮捕に、ファンや野球界の人たちから失望の声が溢れた。

彼は、日本中が沸いた、スーパースターのはずだったのに。

二〇一八年に刊行された、『清原和博　告白』（文藝春秋）を読んで、嗚咽した。そこに描かれていたのは、ヒーローではなく、才能と肉体に恵まれながらも、心が弱いゆえに苦しみ続けた生身の人間の言葉だった。人は弱い生き物だ。様々な鎧を纏って心身を守り、生きている。

彼はあまりにも無防備だった。愚かで弱い、と言ってしまうのは、簡単だ。けれど私は、彼の弱さが身に染みた。我々凡人には想像もつかないプレッシャーと制約のある生活の中で、どれだけ孤独におびえ続けていたのだろう。そして『告白』の中では、彼が桑田真澄という人を、誰よりもその才を認めるからこそ意識し続け、羨望し、圧倒されていたことも書かれている。

二〇一九年、一一月九日、私は朝から西宮に向かった。甲子園に来るのは、十年ぶりだろうか。桑田と清原が引退してから、プロ野球への興味も薄れ、仕事以外で試合を見る機会もなかった。けれど今回、ここに来たのは、「マスターズ甲子園決勝にＰＬ学園が大阪代表で出場」の記事を見たからだ。マスターズ甲子園は、かつての高校球児たちが野球を通じて交流し、次世代へとつなげていくために開催されている。

数々のプロ野球選手たちを世に出したＰＬ学園硬式野球部は、暴力事件や制度の変更等により、二〇一七年に廃部した。桑田真澄ＯＢ会長のもとで、野球部復活を願うかつての高校球児たちが大阪大会を勝ち抜いて、甲子園で戦うという。どうしても、行きたかった。甲子園で、桑田真澄の投球を見たかった。内野席は無料で開放されると聞いて、足を運んだ。

ＰＬ学園の出番は第二試合だった。総合監督は、ＫＫコンビを率いた中村順二さん、監督は清水哲さんだ。清水さんはＫＫコンビの一年先輩で、同志社大学に進学したが、試合中の事故の頚椎損傷により、首から下が動かず車椅子生活を続けている。

試合前に、ＰＬ学園野球部のＯＢたちがグランドに現れた。清水哲さんは電動車椅子で移動しながら、選手に指示をしている。試合が始まり、途中、「四番ピッチャー桑田」がアナウンスされると、球場中から大歓声があがった。巨人時代と変わらぬ身体で、「１」の背番号をつけた桑田真澄がマウンドにあがる。

「ピッチャー桑田くん――」

アナウンスは、かつてのように「桑田くん」と呼んだ。

ＰＬ学園の攻撃中は、三塁側内野席の応援団の「人文字」が展開され、精一杯声を張り上げている様子も見えた。この日のために、ＰＬ学園のＯＢたちが甲子園に訪れ、全国から集まった老若男女が、ひとつになって母校の応援をしている。球児たちだけではなく、彼らにとってもＰＬ学園野球部は誇りなのだ。

四番バッターとしてバッターボックスに入った桑田真澄は二塁打、盗塁までも魅せてくれた。試合はＰＬ学園の勝利で終わり、選手たちが三塁側の内野席の前に並び、観客に向かい礼をする。

多くの人が、思っていることだろう。

なぜ、ここに、清原がいないのか――。

薬物の依存症克服がどれだけ難しいのか、この数日前の田代まさし五度目の逮捕報道で思い知らされたあとだった。

清原には、いつかグラウンドに戻ってきて欲しい。そう思っている人間は多いし、口に出すのは簡単だけれど、そのためには彼自身がどれだけの苦難を乗り越えないといけないのかを考えると、重い気分にしかならない。

それでも、この甲子園にいる人たち、かつてスーパースター清原に力を与えられた人たちは、願っているだろう。

弱さに殺されず、生きて戻ってきて欲しい、と。

甲子園の青い空の下で、もう一度、彼を見せてくれと祈らずにはいられなかった。

多くの人が、必死に取り繕っているだけで、
正しく生きてはいないのだ。

飛田新地

二〇一二年一二月

言葉なしに行きかう男。

白い灯りに照らされ笑顔を浮かべる女たち。

金で女の肉体を買いにきた男と、売る女。

その光景を初めて見たときのことは、未だに覚えている。

ここは必要な場所だ、男にとっても、女にとっても。

理屈じゃない、道徳や常識でもない、善悪でもない。

ただ、必要なのだ、そう思った。


大阪の天王寺駅からは、タクシーで数分。地下鉄動物園前の駅から歩いていけるが、女が堂々と歩くのは好ましくない場所だから、いつも店までタクシーを使う。行先は、「鯛よし百番」という居酒屋だ。メニューは数種類の鍋か懐石で、店そのものには厨房がなく、完全予約制になっている。大正時代の遊郭建築の料理屋なのだが、経営母体はチェーンの居酒屋のため、値段は驚くほど安い。

最初に行ったのは、二〇一二年、東京の出版社の編集者Sさんと、大阪在住の漫画家Mさんと三人で食事をしたときだ。

「一度行ってみたかったんです。鯛よし百番に。一緒に行きませんか」と、Sさんに誘われて、迷わず「行きます」と答えた。鯛よし百番の存在は知っていた。知人が団体で利用し、その際に資料を作った。しかし、鯛よし百番がある飛田新地は、「女が足を踏み入れてはいけない場所」なので、近づいたことはなかった。

私とSさんとMさんは、天王寺駅からタクシーに乗り、鯛よし百番の正面で降りる。鯛よし百番は大正七年頃に造られた、現存する数少ない瓦噴き屋根の揚屋建築で、登録有形文化財にも指定されている。広い玄関で靴を脱いで中に入ると、日光東照宮を模した陽明門、桃山風のモチーフを使った豪華絢爛な装飾が施されていて、「極楽」という言葉が浮かんだ。

個室で三人で鍋を食べたあと、タクシーを呼んで、飛田新地を抜けた。

タクシーの窓越しに、道沿いの建物の中からほほ笑む女の子たちが見える。女の子たちは下から、美しく見せるための白いライトで照らされている。ぼぉっと夜の街に浮かび上がるその整った顔には現実味がない。

サンリオのキャラクターグッズをそばに置いている娘が多かった。若くて可愛らしい娘ばかりだ。ちょこんと座り笑顔を浮かべる女の子たちの前には、客を呼び込む、やり手と呼ばれる年配の女がいる。見物客の女がこの辺を歩いていると、やり手に怒鳴られたり、水をかけられたという話も聞いた。見世物にするな、商売の邪魔だということだ。

最初に行った際は、タクシーでここを通過したけれど、その後は、ＹｏｕＴｕｂｅなどの影響で物見遊山の客が増えて、盗撮に悩まされ、女の子たちも、遊びに来る男性たちも迷惑しており、現在はタクシーも呼ばれない。可愛い子たちばかりの場所は、あとで知ったが、「青春通り」と呼ばれていた。別の通りには、もう少し年齢が上の女性たちもいた。

最初に見たとき、「これは果たして現代の日本の光景なのか」と我が目を疑った。まるで江戸の吉原のように、通りに面した「見世」に女が並び、男たちが女を選ぶ。私がそれまで知る風俗産業は、派手な看板があり、客引きの男に招き入れられた男が、パネルで女の子の写真を選ぶか、あるいは事前に雑誌やネットで指名する女の子を決め、店に入る。こんなふうに女の子が外に顔を向けているのは、初めて見た。

商品が陳列されているようだと思った。

「女」という商品が。

性がお金で売買されるのを非難する人がいるのは、もちろん知っている。リスクが大きいことであるのは、身をもって体験もしている。それぞれ事情があるだろうし、ここに来て、辛い想いをしている娘もいるかもしれない。

でも、私はこの光景を見た瞬間、理屈ではなく、男にも女にも、必要な場所だ、そう思ったのだ。

射精したいだけなら自分ですればいい。わざわざ安くない金を手にして女に会いに来るのは、求めるものが他にあるからだ。妻や恋人以外の女、お互い名前すら知らない同士の一瞬の交わりが、どうしても必要なときがある。女だって、自分の肉体を金銭に換算することで、自分の価値を得る者はいるだろう。

阿部定も、この飛田にいたと伝えられている。

「私はあの人が好きでたまらず、自分で独占したいと思いつめた末、あの人は私と夫婦でないから、あの人が生きていれば、ほかの女に触れることになるでしょう。殺してしまえば、ほかの女が指一本触れなくなりますから、殺してしまったのです」と愛しい男の首を絞めて殺し、性器を切り取り懐に入れて逃げた、あの阿部定だ。

女の子たちの顔に照らされる白い灯りと夜空、その光と影は、建前と本音、正しさと正しくない欲望、理性と本能、この世に存在する相反するものを映し出している気がした。

大阪市西成区の飛田新地は、明治四五年に、火事により難波から焼け出された者たちにより大正五年に築かれ、戦後に「赤線」となった。売春防止法以降は「飛田料理組合」となったが、紆余曲折を経て今の形になったという。橋下徹元大阪府知事が、飛田料理組合の顧問弁護士だった話は、よく知られている。

二〇一一年、『さいごの色街　飛田』というルポルタージュが出版され、ベストセラーになった。著者の井上理津子は、十二年間、「女が来るところやない！」と罵声を浴びながらも、飛田に通い続け取材した。のちに新潮社から文庫になり、売れ続けている。それだけ興味のある人も多かったのだろう。

天王寺、阿倍野周辺は開発が進み、ずいぶんと景色が変わった。「あべのハルカス」というバカ高いビルが建ち、ホームレスたちのたまり場だった天王寺公園も整備され、カフェもでき、芝生で親子連れがくつろぐ場所となった。大阪は、すごい勢いで変わりつつある。大阪万博の開催が決定したときに、最初によぎったのは「飛田はどうなるんだろう」ということだった。そもそも、今、現在残っているのが奇跡のようなものだとはいえ、いつ消えてもおかしくはない。

直木賞作家の黒岩重吾が、大阪の西成に住んでいたことがあると知ったのは、最近だ。黒岩重吾の本は、古代史に関するものしか読んだことがなかったが、筑摩書房から文庫で『飛田ホテル』という本が復刊されているのを見つけて購入して読んだ。

黒岩重吾は、二十九歳のときに全身麻痺の難病にかかり、四年間の入院生活のあと、離婚や相場の失敗で家を売り払い、家族に合わせる顔もなく、半年ほど西成の安宿で生活しながら、トランプ占いやキャバレーの呼び込みなどの職で糊口をしのいでいた。

『飛田ホテル』の帯には、「そのアパートに集まるのは大阪のどん底に飲みこまれた者たち」と書かれている。黒岩重吾にとって、まさに人生で「どん底」の時期に暮らした場所だ。

『飛田ホテル』を読んだ感想をつぶやいたのがきっかけで、黒岩重吾の『西成山王ホテル』も復刊するから解説をという依頼が来た。ちょうどその頃は、取材も兼ねて西成に通っていたので、光栄ですと喜んで引き受けた。刊行された『西成山王ホテル』の帯は、「ここは大阪のどんづまり」とある。社会からこぼれ落ち、行き場のない者たちの集う場所だったのだ。

黒岩重吾自身が、自分こそが落伍者だと思って暮らしていただろう。

黒岩重吾の「飛田」「西成」を舞台とする小説は、多くは昭和三二年に施行された売春防止法前後の時代を描き、暗くて重くて悲惨な物語ばかりだ。たいていヒロインは、自殺するか殺されるかで、男は犯罪者かヤクザ、親はろくでもない連中ばかりで、ハッピーエンドの物語とはほど遠い。ただ、ひたすら、社会の暗部でのたうちまわる人間たちが描かれる。

大阪は、今、どんどん古いものが壊され、新しいものができている。それはまるで、都合の悪いものを、上から塗りつぶしてなかったことにしているかのようだ。

薄っぺらい綺麗さは、心のない笑顔を作る感情のない人間のようだ。どんなに見かけが美しくても、心のない人間を、誰が愛するのだろう。

コンビニからはエロ本が消え、アダルトビデオや風俗店は規制され、かつてアダルトな世界だからこそ許されていた自由な表現はなくなりつつある。インターネットではこれだけエロが氾濫して子どもの目にも簡単にふれるというのに、昔から存在する性の娯楽だけが糾弾され、消えつつある。規制されても、地下に潜み、より危険なものとなるだろうにとは危惧するが、とにかく目に見える世界をクリーンにすれば気が済むというのだろうか。

そんな世界は、ひどく居心地が悪い。ここ数年、ずっとそう考えている。私のような、不謹慎で不道徳なものしか書かない人間は、段々と「いらない」と言われているような気さえする。

だから、あの街が、ときどき懐かしくもなるのだ。

私は、本当は太陽の下で堂々と顔を晒せるような立派な人間ではない。私が自分を「男に金を貢いだバカだ」と言うと「バカじゃない」と良かれと思って言ってくれる人はいるけれど、誰がどうみてもバカな行為だし、もし友人が同じことをしようとしたら、多くの人を悲しませ迷惑をかけ、あなたの将来も大変なことになるからやめなさいと止めるだろう。間違いなく、愚かだ。

きちんと学校を卒業し、就職し、結婚し、子どもを産んで……男に狂い、そんな人生から大きく外れてしまった。私は今、幸せだけれども、誰かに真似をして欲しくはないし、もし生まれ変わったらこんなしんどい人生は二度と嫌だ。自分だけが愚かなダメ人間で、社会からこぼれ落ちているような気が、ずっとしていた。

けれどあるとき、気づくのだ。多くの人が、必死に取り繕っているだけで、正しく生きてはいないのだと。だから何かのきっかけに、ふと、欲望の言いなりになり、落伍者になる。

今、ネットや書店では「生きづらさ」をうたった本が多いけれど、あれを見る度に、「生きづらい」と思ったことがない人なんて、どれだけいるのだろうかと疑問に思う。もしいるとしたら、相当鈍感で恵まれている人ではないだろうか、とも。

私が飛田のあの光景が忘れられないのも、黒岩重吾が「西成モノ」と呼ばれる小説を書いたのも、自分は本来、あの「どんづまり」の地にいるべき人間だという想いがどこかにあるからではないか。

男たちが、飛田に訪れるのは、美しい女に会いたいだけではなく、「逃げ場」だからだ。愚かで、欲望に正直な自分を受け入れてくれる、逃げ場だ。男だけではない。昼は真面目な会社員か主婦の顔を持つが、夜には紅を塗り、男の欲望のために生きる女になることで生きていられる者もいるはずだ。

だから私は、あの場所を、「必要だ」と思った。男にとっても、女にとっても逃げ場なのだと。けれど、たぶん、そう遠くない未来に、なくなりそうな気がしてならない。

大阪は、とても綺麗な街になってゆく。正しく健全な街になり、逃げ場のなくなった者たちは、どこで生きたらいいのか。

高層ビルの高みからは、足元を這いずり回って生きていく人間たちの姿はきっと見えない。踏みつぶしても、気づかない、傷つきもしない。

綺麗になって、残るものが、それほど価値があるものだとは、どうしても思えない。

私だって、綺麗な若い女だったなら、
ＡＶに出たかった。

祖谷

二〇二二年三月

秘境を目指して、バスに揺られる。

二〇二二年三月、まだコロナの感染者は多かった。だからこそなのか、思いがけず安く宿がとれた。今年に入ってから、どこにも行かず、旅をしたくてたまらなくて、爆発しそうだった。「取材」だからと理由をつくり、私は宿の手配をした。

京都から大阪梅田まで早朝に電車移動し、阿波池田行きのバスに乗り込む。京都から出ているバスは徳島までなので、そこから目的地はまだ遠いからと、大阪発阿波池田行きバスに決めた。高速道路を走り、明石海峡大橋を渡り、淡路島を突っ切り「阿波の国」へ。淡路島はもともと阿波・徳島だったからその名がついたという。鳴門大橋を渡り、四国へ辿り着いた。

バスの終着点・阿波池田に着いた。思ったよりも近い。阿波池田といえば、私の世代にとってはエース水野率いる池田高校だと連想するが、我ながら情報が古すぎる。阿波池田の駅前には商店街があったが、やはりシャッター通りになって駅舎で時間をつぶす。ここから特急「南風」に乗り込み、JR大歩危駅へ。「おおぼけ」駅に着くと駅前のお店で、祖谷の名物である蕎麦を食べて、宿に電話を入れた。つなぎを使っていない平べったい麺の、素朴な味わいの祖谷蕎麦は、このあとも夕食に必ず出された。

ここは秘境・祖谷の最寄り駅だ。それにふさわしく駅前に日用品を売り飲食もできる「ぼけマート」があるだけで、他には何もない。迎えの車に乗り、十分も走らず宿に着く。今日の宿は川沿いの露天風呂付きだった。露天風呂付きの部屋に泊まるなんて、生まれて初めてだ。そんな贅沢な旅は、自分にはもったいないと思っていたが、コロナ禍で安くなっていたので勇気を出して予約した。いや、私も作家として十年やってて、もっと気軽に泊まってもいいはずなんだが、どうも「自分は底辺だ」という自己肯定感の低さから逃れられない。

案内されて部屋に入る。十畳の和室の向こうに、露天風呂があった。既に湯で満ちており、外の気温が低いせいか、もうもうと湯気がたっている。

AVみたいだ、と思った。監督が、人妻とふたりきりで地方の温泉に行き、部屋の露天風呂でハメ撮りするやつ。五十を過ぎた作家の女としてどうかと思うが、それしか浮かばなかった。実は憧れのシチュエーションでもあった。やっと露天風呂付きの温泉宿に泊まれるようになった！　と喜んだが、私はひとりだ。ハメられない。とはいえ、すぐさま服を脱ぎ露天風呂に浸かる。目の前は川で、温泉そのものもぬるっとしていて肌に心地がよく、最高だ。確かにこのシチュエーションでハメたら興奮するだろう。

若い頃に、彼氏とこういうところに来ていたらやりまくっていただろうが、連れていってくれる人もおらず、やっと自腹で来れるようになったら五十を過ぎた。好き好んでひとりで来てはいるのだが、少し寂しく思えた。しかしコロナ禍で、人妻不倫旅行などをする勇気もない。ひとりでいるのが一番安全だ。

隣の部屋の人も露天風呂に入っているらしく、声が聴こえる。若くない夫婦のようで、いやらしいことはしていなさそうだ。これだけ声が聴こえるのなら、ハメるのは難しいだろう。と、そんな不埒なことばかりを考える自分に「いい加減にしろ」と呆れもする。

今回は一応取材旅行ではあるが、とにかく温泉に入りまくるつもりだった。温泉に飢えていた。夜は食堂で地元の名物をつつく。この値段で？　と問いかけたくなるほど豪華で量もある。夕食後は、宿の大浴場に入るが、部屋に帰ってからまた露天風呂に入った。誰もいない、自分だけの温泉は素晴らしい。ローションを連想させるぬるっとしたお湯もいい。ＡＶのシチュエーションを妄想しながら、ひとりで人妻は熟睡した。

翌朝は、また部屋の露天風呂に入る。外はまだ寒いからこそ、風呂が気持ちいい。それにしても、ずっと風呂に入ってる。服を着てる時間より裸でいる時間のほうが長いぐらいだ。

朝食を終え駅まで送ってもらい、バスで三十分ほど、まさに「秘境」としか言いようがない山に囲まれ崖もある細い道を揺られ、終点に辿り着く。ここが秘境「祖谷」だ。

祖谷は平家の隠れ里として知られている。壇ノ浦で滅んだはずの平家一門だが、実は安徳天皇と三種の神器のひとつである剣と共に、この祖谷の山の奥に逃げ込んで暮らしており、祖谷の剣山は、その剣を埋めたものだと伝えられている。

バスガイドなので、祖谷の伝説は知っていたが、行ったことはなかった。今回訪れたのは、山村美紗の評伝を書いた際に、山村美紗の祖父がこの祖谷の出身で、平家の末裔だというのを知ったからだ。山村美紗自身も、自分は平家の末裔だからと、源氏を少し下に見たようなことを小説で書いているので、プライドがあったのだろう。京都を追われて滅んだ一門の子孫が、のちに京都で人を殺しまくるミステリー作家となり「女王」として君臨したと考えると、まるで復讐譚のようで面白い。そんな美紗のルーツを見たくて祖谷に行くのを決めた。

バスの終着点には大きなドライブインがあったが、コロナ禍で観光バスは全く停まっておらず、自家用車も少ない。中に入ってみると、お土産は売っていたが、飲食のコーナーはすべて閉まっており節電の為か薄暗く、人はちらほらしか見かけない。外のお店もほとんど閉まっていたので昼食は諦めることにする。

ドライブインを突っ切る形で、かずら橋に行く。「祖谷のかずら橋」は、吊り橋で、平家の落人たちが、追手が来た際に逃げられるように簡単に切れるように作ったとも伝えられている。せっかくだからと、お金を払って、かずら橋を渡ろうとするが……一分も経たず、後悔した。何これ、怖い。落ちるやん……。私以外に渡っているのは比較的若い人が多く、写真を撮ったりもしているが、とてもそんな余裕はない。めちゃくちゃ怖い。ずっと下を見て、踏み外さないようにして、ゆっくりと歩く。傍から見ても、びびっているのがわかるだろう。落ちたら死ぬでこれ……恐怖を感じながら、歩む。向こう岸に辿り着いた際は、安堵で膝から崩れ落ちそうになった。今まで行った観光地で、一番怖かった。

ふらふらになりながら、私は歩いて山を下る。次の目的地は、祖谷の温泉ホテルだった。日帰り湯を楽しむつもりだった。これもコロナ禍のせいか、ホテルのロビーも人の気配がない。フロントでお金を払い、タオルをレンタルする。ここの露天風呂温泉は、ケーブルで山の斜面を上がっていくのだ。自動運転のケーブルで、私の他には誰もいない。山頂に上がっても、人の気配がなかった。女性用の露天風呂には、鍵もない。服を脱いで、目の前の湯に入る。祖谷の秘境の絶景が広がっていた。ぬるっとした風呂と開放感が、最高だった。隣は男湯のはずだが、やはり人の気配はない。山頂の温泉には、どうも今は私ひとりのようで、裸でうろうろもできそうだ。

露天風呂スペースの隣に、畳で休める小さな部屋もあったので、そこで休んだり温泉に浸かるのを繰り返す。今日の夜は、別の祖谷の温泉宿に泊まるし、昨日からほとんどの時間を裸で風呂で過ごしている。

「人妻温泉旅行」ＡＶや、彼氏と温泉でイチャイチャみたいな時間にさんざん憧れたけれど、私は自分で稼いで自腹で露天風呂付きの温泉を楽しめる、立派な大人の女になった。

男は好きだし、必要だ。この年になっても、この年だからこそ、男がいないと生きていけないと切実に思う。でも、頼りはしない。その場で甘えることはしても、男を頼るほどには、私は男を信じることはできないのだ。それは悲しいことでもなんでもない。人生経験によってつけられた知恵と諦めだ。必要だけど、頼ることなく、ただ甘えたい。それが男との一番適切な距離だとわかってしまった自分は、もう、若くない。だから、男に期待などしない、できるわけがない。本当は男なんて好きじゃないのではと思うこともある。でも、必要だなんて、どれだけ自己中心的なのか。だからひとりで旅に来た。今さら男との旅なんて、わずらわしさしか感じない。男でなくても、だ。

結局、三時間半ほど山頂の温泉で裸で過ごしていた。誰も人が来ず、温泉を独占できた。

バスで今日の宿に移動する。昼間とは別の祖谷の温泉宿で、昨夜のような露天風呂付きの部屋ではなく、一番安いシングルの古い洋室だったけれど、狭い部屋が落ち着く。秘境の温泉だから、周りは何もなく、出かけることもできず、ここでもまた温泉三昧だ。大浴場から、露天風呂までは階段があり、少し歩く。全裸で移動して、不思議な感じではあったが、徳島に来てからほとんど裸でいるので、慣れもした。若くもない、醜い肉のついた裸であるのは自分でじゅうぶんにわかっている。商品価値などないから、今さら「人妻温泉旅行」ＡＶどころじゃない、需要がない。私を求める男なんて、ほんの少数であるのも承知だ。裸で過ごす時間が多ければ多いほど、自分には「女」としての商品価値などないのを見せつけられるけれど、若い頃からそうだったから、そのことで傷つくことはない。

誰にどう思われてもいい。「お前はもう女じゃない」なんて言われても、言いたいやつには言わせておけばいい。「気持ち悪い」「みっともない」なんて、さんざん今まで言われてきたことだ。好きにさせてくれと、私は何も隠すことなく、裸で秘境の温泉に浸かる。

常々思うことだが、もしも若い頃、綺麗で関東地方に住んでいたら、絶対にＡＶに出ていた。幸か不幸か、私は醜く容姿にも恵まれず、風俗の面接にも落ちまくるようなレベルだったので、ＡＶ女優になれないのは、自覚していた。私だって、綺麗な若い女だったなら、ＡＶに出たかった。これでもかと男優とセックスしまくって、自分の商品価値を確かめながら快楽を得たかった。

もしも出演していたら、「ああこんなもんか」と、がっかりもして、その後、ここまで執着しなかったかもしれないと、ときどき考える。セックスなんて、ただの粘膜の出し入れだと悟るかもしれない。たぶん、五十を過ぎて、露天風呂付きの温泉旅館に泊まって「ＡＶみたいだな」なんて考える大人にはならなかっただろう。

翌日も朝から温泉に入り、宿の車で駅に送ってもらう。コロナ禍で高速バスの本数が少なく、帰りは電車を利用することにした。大歩危駅から特急に乗り込み、岡山駅へ。岡山で新幹線に乗り換え姫路駅。人妻は夫への土産を買って新快速で京都に戻った。

男に頼らずひとりでどこでも行けるようになってしまった私は、若い頃に予想していたよりは、満ち足りている。

ああ、死後の世界はこんなふうに
闇しかないのだと思った。
地獄も極楽もない、ただの闇。

熊野・那智

二〇二二年五月

神日本磐余彦《かむやまといわれびこ》は八咫烏に導かれ熊野から畿内に入り、吉野を通り奈良の橿原で即位し、初代・神武天皇となった。神々の宿る地・熊野は信仰の場所となり、中世には天皇や貴族など多くの人が訪れる「熊野詣」が盛んになった。

熊野三山と呼ばれる、熊野本宮大社、熊野速玉大社、そして熊野那智大社。

数年前、本宮大社と速玉大社に参拝して、残るは那智大社だけだったが、コロナ禍でなかなか身動きがとれなかった。

二〇二二年に入って、ようやく、足を踏み入れることができた。

まさか、その翌日に、あんな出来事があるとは。

五月、私は「特急くろしお」に乗って、紀伊勝浦駅へ向かった。和歌山でも、勝浦方面は京都からだと遠い。延々と流れる景色を見ながらパンダの絵が描かれている注意書きが各座席にある特急電車でくつろぐ。和歌山に行くと、やたらパンダの絵を見かけるのは、白浜アドベンチャーワールドにパンダがいるからだ。

熊野に行かなくては、と考えるようになったのは、年齢的なことがある。自分も年を取り、周りも亡くなったり病んだりして、「死」というものが他人事ではなくなっていた。熊野の「クマ」は、「神」

であり「隈」だ。鬱蒼とした熊野の山は黄泉の国に通じるとされていた。そうして人々は黄泉の国に参り、生まれ変わって現世で生きようとした。熊野は信仰と、「死」の地だった。

紀伊勝浦駅で降りて、駅前の商店街の店でまぐろ丼を食べる。勝浦といえば、まぐろ。まぐろを食べまくる気でいた。人の気配がないのは、収まってきたとはいえ、まだ新型コロナウイルスの影響があるのだろう。かつてはきっと観光客で賑わっていたはずなのに。大きな荷物をコインロッカーに預けて、私はバスで那智駅に向かう。紀伊勝浦の隣の駅だが、JRの本数が少ないので、バスのほうが早そうだった。那智駅は無人で、周辺にも誰もいない。駅前の横断歩道を渡ると、拍子抜けするほど近くに、今回の旅の目的のひとつがあった。

補陀洛山寺《ふだらくさんじ》。ここには補陀落渡海に使われた船が復元して展示してある。かつてはこの寺の住職が亡くなると、その遺体は船に乗せられ流されたという。

もともとの補陀落渡海は、生きたままの修行僧が、最低限の食料を載せた船に乗り西方へ向かう行だ。けれど船は、戻ってこられない。西方浄土を目指すというが、飢えて海上で死ぬことを前提とした苦行の自殺だ。黄泉の国である熊野の地から、極楽浄土へ向けて海を漂う死の船旅が、補陀落渡海だ。

熊野古道の入り口でもある補陀落山寺にて、復元された船を見る。想像していたよりも小さな船で、こんなところに閉じ込められたら、覚悟をしていたつもりでも私なら狂って逃げ出したくなりそうだ。

どうしてそこまでして、人々は浄土を目指したのか。

那智駅から紀伊勝浦駅に戻り、送迎バスに乗って、その日は「ホテル勝浦」に泊まった。ひとつの島をまるごと使った巨大なレジャー、宿泊施設だが、今は閑散としている。この宿に泊まりたかったのは、温泉目当てだった。「忘帰洞」と呼ばれる、洞窟を切り開いた温泉で、「帰るのを忘れる」ほど素晴らしいから、その名がつけられたという。

大きなホテルで、自分の部屋から温泉に行くまでも結構な道のりだ。脱衣所で服を脱ぎ、「忘帰洞」に足を踏み入れたが、思わず声が出そうになったほど雄大な海が目の前に広がっている。湯船に入ると、すぐ近く、眼下に波がぶち当たり、バッシャーンと音を響かせていた。自然とここまで一体化した温泉は、初めてだった。窓ガラスなどない、本当に洞窟の目の前に海がある。潮風が波しぶきと共に顔にあたる気がした。熊野の海、つまりは補陀落船が旅立った、西方浄土へ続く海が、そこにある。

裸でいることが、とても自然な気がした。裸で、洞窟の中で、海の風を受ける。裸はいやらしいものだと考えられるけれど、生まれたままの姿というのが、本来、自然なものなのだ。

裸で行う行為、セックスだってそうだ。

「社会」で生きていると、セックスに意味づけがされすぎて、面倒でややこしく、ときどき忌み嫌われるものとされがちだ。けれど裸になり、好きな人と肌を合わし、身体の一部を差し込んで、からませて一体化する行為は、本来ならごくごく自然なもののはずだ。

身体が、心が、自分以外の誰かを求め合う
裸で自然の中に佇んで、あらためてそんなふうにことも。考えた。

たっぷり風呂に浸かり、部屋に戻る。このホテルは「忘帰洞」以外にも幾つか温泉があるので、せっかくだからとすべてまわるつもりだった。昼食を食べてまた風呂に入り、早々に眠った。翌朝起きて、再び「忘帰洞」で海を浴びる。

宿から駅までは送迎してもらい、紀伊勝浦駅からは昨日と同じくバスに乗り、三十分ほど揺られて山の中へ。終点の那智大社のバス停で降りたのは、私ひとりだった。熊野三山の最後のひとつ、那智大社。バス停から続く長い石の階段を上る。息切れがして何度も休憩をした。疲れてるのかな……更年期だしな、なんてこのときは考えていた。なんとか上り切り、朱塗りの鮮やかな社殿の那智大社にお参りをする。

熊野三山制覇を生きているうちに遂げられて、ホッとした。

眼下には熊野の山並みが広がっていた。

黄泉の国が。

那智大社の隣にある西国三十三所霊場の最初の札所である青岸渡寺にお参りしたのち、那智の滝に向かう。想像していたよりも迫力があり、圧倒された。やはり自然の力は、人を圧倒する。人が自然に抗えるわけがないのだと思い知る。

古来より、山や滝には神様がいると考えられてきた。そうしてずっと自然は敬まわれてきたのだ。都会に住んでいると、そのことをときどき忘れる。人は、自然に生かさせてもらっているのに。

那智の滝からまたバスに乗り、紀伊勝浦駅へ。和歌山の名物である「めはり寿司」を買いたかったが、ことごとく目当ての店が閉まっていた。それでも和歌山を味わおうと、まぐろ尽くしの昼食を食べ、再び「特急くろしお」に乗って、私は京都に帰った。

黄泉の国、西方浄土へ死の旅へ船を放つ熊野の海から。

「生」の国に戻ったつもりだった。

帰った夜から、脚が異様にむくんでいるとは思っていたが、たくさん歩いたからだと、むくみ取りのサポーターを穿いて寝た。

そして翌朝、私は所用があって街に出たが、だんだんと呼吸が苦しくなり、倒れて救急車で運ばれた。意識が遠のき、息がしにくくなり、「死ぬな」と思った。目の前に闇が見えた。もうすぐ私は、この闇の中に入っていく。そこには誰もいない、何もいない、ただ闇だけで、私の意識は消える。ああ、死後の世界はこんなふうに闇しかないのだと思った。地獄も極楽もない、ただの闇。

病院の救命救急センターに運ばれ、ＩＣＵに入った。あとで聞くと、心臓の一部がほとんど動いていなかったそうだ。「死ぬな」と思ったときに、目の前に見えた闇は、やはり黄泉の国だったのか。

思ったよりも、あっさりと「死」を受け入れようとしていた自分がいた。もう、いいかな、五十年生きたし。本もたくさん出したし、それなりに恋愛もして幸せだった。子どももいないし、もう、いいかと、諦めていた。私はもっと生に執着がある人間だと思っていたので、意外だった。だって、どうしようもない。じたばたしたって、死ぬときは死ぬんだもの。

そうやって達観したつもりになっていたけれど、救命措置のおかげで、次第に呼吸が楽になり、命を取り留めた。気がつけば酸素マスク、点滴、心電図、酸素飽和濃度測定器、尿道カテーテルと管だらけになり、ＩＣＵのベッドに寝かされていたけれど、とりあえず「死なずにすんだ」ようだった。

今思うと、那智大社の階段を上がる際に、しんどくて何度も休憩したのも、心臓が悲鳴をあげていたのだ。年だからなと、すべて更年期のせいにして、だいぶ前から不調があったのを、放置していた。心のどこかで、やっぱり「もういい」なんて思っていたのかもしれない。自分なんてもういい、生きなくていい、と。だから自分を大切にせず、こうなった。

黄泉の国、死につながる海から帰った翌日に、死にかけるなんて。熊野の神様に救われたのかもしれない。

二週間ほど入院して、退院した。病院に運び込まれた際に、ほとんど動かなくなっていた心臓は、だいぶマシにはなったけれど、まだ通常通りではないと言われている。コロナウイルスどころか風邪をひいても重症化する可能性が強い。これから先の人生、私は心臓のリスクを背負って病人として生きていかねばならなくなってしまった。

でも入院できて、よかった。たぶん、あのまま不調を放置していたら、私は間違いなく突然死していたことだろう。おそらく熊野で、長い階段を上り下りしたり、心臓に負担を与えるといわれる温泉に浸かりまくったりした結果、あの日、倒れたのだと思う。そして倒れたことにより、突然死を逃れた。だとしたら、やっぱり熊野の神様のおかげだ。

意識が朦朧としていたときは、「まあしゃあないか」と死を受け入れたつもりになっていたが、今となっては、やっぱりまだ死にたくない。

倒れたことにより、常に「死」というフィルターを通してしかものを見られなくなったけれど、生きているだけでもうけもんだと思えるようにもなった。

そしてもしもこの先、機会があれば、熊野の神様に御礼を伝えにいつかまた那智に行きたい。

先のことなんてわからないけれど、生きているならば、旅を続けたい。

セックスでしか癒されない、
セックスでしか救われないものが人にはある。

福島

二〇二二年九月

二〇二二年五月に緊急搬送され入院し、医者より告げられたのは「心不全」だった。なんとか回復し、今は投薬治療をしながら普通に暮らしてはいるが、「心不全」は再発率が高く、発症五年以内の死亡率が五十％で癌より高い。つまりは私は五年後に生きている確率が、半分なのだ。その数字を見たときは衝撃を受けた。まだまだ生きたいし、生きるための努力もしているけれど、命は限られているというのは身に沁みた。そう長く生きられないなら、好きなことをしていたい、好きな人とだけ会いたい。だから「旅」の行先を考えたときに、死ぬ前に一度見ておかないといけない場所に行くことを決めた。

東北、福島県だ。

私の小説家デビューは、東日本大震災とほぼ同時だった。紙の工場が被災し、本が出ないかもしれないとも言われ、授賞式だってギリギリまで決行が迷われた。もともと「団鬼六」は不謹慎な作家だということで執り行われたが、会場となった原宿を歩くと、節電で暗く、コンビニの棚はガラガラで、飲み物の自動販売機の前には列ができ、パーティの食事も食材入手が困難という状況だった。

全く喜べないデビューとなった。何より、日本中がこんな大変なときに小説、しかも官能どころじゃないだろうと、私自身が罪悪感を背負っていた。まるで祝福されず生まれてきた子どものようだ。震災直後はテレビから流れる映像もＳＮＳも、恐怖でしかなかった。震災だけではなく、放射能が溢れ、人々は阿鼻叫喚となり、逃げる者もいた。私は恐怖と罪悪感で、ひたすら目を逸らすしかできなかった。

けれど、命を失いかけてやっと、自分の生きている間に起こった大きな出来事の現場に行ってみようと思ったのだ。ちょうど最近になって、見学ができるようになった震災関係の施設も幾つかあると知り、福島行きを決めた。悩んだのは移動手段だが、山形在住の作家・黒木あるじに相談すると、「俺も行きたいから、車出す」と言われ、甘えることにした。

仙台空港で黒木氏と待ち合わせ、まずは双葉町の東日本大震災・原子力災害伝承館に行った。周りはがらんとして何もない海の傍に、大きな建物がある。綺麗なのは、まだ開館して間もないからだ。震災と津波、原発事故についての展示が並べてある。かつてそこで暮らしていた人々の生活の跡も。

「ずっと、安全だって言われたきたんだよ」と、黒木氏はポツリと言った。「いろいろこういう施設も、複雑なものがあるんだよな、東北の人間としては」と、彼は続けた。彼の故郷は青森だ。青森には六ケ所村の核燃料再処理工場等、幾つか原子力関連の施設がある。もちろん、恩恵もある。でも、決して「安全」なものではないと、露わになってしまった。

屋上で周りを見渡す。何もないのではなく、何もかも流されてしまったのだということに気づく。そばには土産物を売る施設もあり、駐車場も広い。きっと長崎や広島のように、今後は修学旅行や観光ツアーの団体客が立ち寄る定番施設となるのだろう。私は広島には何度も仕事で行っているし、近年、長崎の平和公園にも行った。けれどこの場所が、それらと大きく違うのは、遠い昔の悲劇ではなく、自分の世代で起こった現在進行形の出来事だということだ。

車を少し走らせ、次は浪江町立請戸小学校へ。震災後、先生たちが生徒を連れて裏山に避難したあとに、波にのまれた小学校の建物が、震災遺構として二〇二一年になって公開されたものだ。この学校の生徒たちは迅速な対応により誰も命を失わずに済んだけれど、建物の惨状を見て、少し判断が遅れたらと想像すると恐怖しかなかった。

福島市に向かうすがら、帰宅困難地域も通る。人が、いない。街を車で通り、私は何度か仕事で訪れた福井県若狭の原発施設のことを思い出していた。もっとも私が行ったのは、東日本大震災の前で、原発の危険など念頭になく、無邪気に感心していた。今なら全く違うことを考えるだろう。

その夜は、福島駅前の郷土料理の店で、福島の名物を黒木氏と食べた。店の人に夫婦だと誤解をされたので、ふたりで必死に否定した。

翌日も車で、福島県を南に下る。いわき市の震災伝承館に向かっていると、いきなり「賽の河原」と書かれた道しるべが目に入った。

「黒木さん、賽の河原やて」

「あとで行こう」

黒木氏は、最近は小説も何冊か発表しているが、もともとは「怪談実話」のジャンルでデビューし、その世界では第一人者だ。人から不思議な話、怖い話を聞いて、発表している。そんな私たちが、「賽の河原」を見逃すはずがない。ネットで「いわき市　賽の河原」で検索すると、「最強心霊スポット」という記事が幾つも出てきた。震災伝承館を見学したあと、来た道を戻り、「賽の河原」を探す。

最初に出てきた場所には、観音像と無数の水子地蔵がいた。どうも水子供養のため建てられた観音像らしいが……ネットで出てきた「賽の河原」ではない。もう一度、少しだけ道を引き返して船が繋がれている海岸に行くと、洞窟があった。

どうやらここが本当の「賽の河原」のようだ。「水子」というのは、もともと生まれなかった子どもを川や海に流していたことから、その名がついたと伝えられているが、この洞窟は海とつながっていて、捨てられた胎児が流れ着き、その供養のためにお地蔵様があったらしい。しかし震災による津波でもともと洞窟の中にあった水子地蔵が倒れ土に埋まり、崖の上に移されたようだ。

「賽の河原」は、地獄の三途の川の河原だ。そこでは親より先に亡くなった子どもが逆縁の罰として、地獄の石を積み上げ続けている。積み上げても積み上げても、地獄の鬼がそれを崩しにくる。そんな子どもを救うのが地蔵菩薩だといわれている。

怪談を書いているくせに霊感皆無の私と黒木氏には、「心霊スポット」と言われるような気配は何も見えなかった。ただ静かで空気の澄んだ場所に、手を合わせた。「水子供養の場所に手を合わせて、俺ら、傍から見たら、わけあり夫婦みたいに見えるかもな」と、黒木氏がつぶやいた。

黒木氏と最初に会ったのは東京深川で行われた怪談会だ。彼は私と同じ年にデビューしていた。つまりは、震災が起こるのと同時に作家になった。青森に生まれ山形に住む彼は、もともとは映像の仕事をしており、震災の後、各地でチャリティを目的として開かれた「ふるさと怪談」では、彼が撮った震災後の東北の映像が流された。

「あの頃、やたらと『絆』という言葉が言われてたけど、俺は何が絆だ！　って思ってた。怒りまくってて、カメラを持ってあちこちまわって撮ってたよ」、彼が車のハンドルを握りながら、そう言った。

関西に住み、震災から目を逸らし逃げていた私と違い、彼は東北に留まり、惨事を追い対峙し続けた。そして大切な人を亡くした人たちが語る不思議な話を集め、書いた。怪談を不謹慎だという人もいるだろうけれど、そうやって亡き人の魂を書き留めることにより、供養にもなると信じたい。忘れてしまわないように――。自分も死にかけたけれど、近年、周りで若くして亡くなる人の話を、よく耳にする。生きている人間にできるのは、命を失った人について語り伝え忘れないことだけだ。

車はいわき市の住宅地に入る。小名浜のソープ街だ。震災の後は、原発の作業員たちが訪れ、ずいぶんと賑わったという。滋賀県の雄琴とは違い、住宅街に完全に紛れているのに驚いた。ソープだけではなく、フィリピンパブらしき店も幾つかある。放射能の危険に身を投げうった男たちが、歓楽街で女の肌を求めたのは、人としての切実な救いのようにも思える。軽蔑され差別されもするセックスの仕事は、ときに人の心も救い、孤独を癒す。

風俗だけではない。セックスに縋り、生きていることを確かめる者は、男でも女でも、たくさんいる。セックスでしか癒されない、セックスでしか救われないものが人にはある。

周りも自分も老いていき、身体が思うように動かなくなりつつあるからこそ、切にそれを感じている。

ソープが紛れ込む住宅街の道路を隔てた向かい側に、大きなイオンがあった。きっと休日には家族連れが多く訪れるのだろう。そのイオンに向かうように、道路沿いで、年配の人たちの集団が何やら声を出していた。手には「アベ国葬を許さない」との紙があった。

その日は、九月二七日、奈良西大寺で銃弾に倒れた安倍晋三元総理の国葬が東京では行われていた。家にいると、どうしてもSNSで国葬の様子などが目に入る。賛美する人たちの言葉も、死者を侮蔑する言葉も、どちらも見たくなかった。だからこの日、福島で取材していると忘れられると思っていたのだが、そうはいかなかったようだ。

少し休憩しようかと、いわき市の海岸沿いの砂場に車を止める。東北は寒いと聞いていたが、私が訪れた日は快晴で、心地よかった。

「ほら、ここから福島第一原発が見える」

黒木氏が、そう言って北のほうを指した。遠く海沿いに、白い塔のようなものが見える。まるでティム・バートンの映画のようなダークファンタジーに登場する城にも思えた。

昨日、近くまで行こうとしたが、通行許可証が必要な場所で、引き返すしかなかった。

福島第一原発の廃炉作業が完了するまでは、まだこれから三十年かかると言われている。考えるだけでも、気が遠くなる。


それまで私は生きていられるだろうか。生きていたいような気もするけれど、もうこんな世の中、見たくないという気持ちに、ときどきなる。病を抱えて生きていくことは、重くもあるし、世の中と折り合いをつけるのにも疲れている。けれど一度死にかけ、助かってしまった死にぞこないの女には、生きるしか選択肢が残されていない。

めんどくさい「女」という性を捨てきれず、
あがきながら、私は年を取る。

浅草

二〇二二年一一月

コロナ禍など、すっかり明けたように、浅草の街は賑わっていた。

二〇二二年、一一月六日の夜、私は浅草にいた。いつ以来だろう、覚えていない。たぶん、最後に訪れたのは新型コロナウイルスが日本に来る前だ。そもそも、上京しても、浅草に足を踏み入れたのは、イベント出演に一度、あとは浅草ロック座に何度かストリップを見に来るだけだった。その浅草ロック座も、しばらく足が遠のいていた。

つくばエクスプレスの浅草駅を降りて、まだ時間があるので、駅近くのチェーンのカフェで時間をつぶした。ガラス越しに見える光景は、人が多く活気がある街だ。

芸能の街だとは知っている。つくばエクスプレスの駅から地上に上がるエスカレーターの脇に、ゆかりの人たちのイラストと説明のボードが並んでいた。

そこに私が訪れたのは、芝居を見るためだった。


二〇一七年一二月。ちょうど五年前、大阪中崎町の小さな店に、芝居を見に行った。それがすべての始まりだった。

ストリッパー若林美保の一人芝居「贋作・一条さゆり」だ。演出は、映画監督でもある秋山豊。若林美保のことはアダルト業界の共通の知人が多いので、名前は知っていたが、面識はなかった。そんな彼女から、あるときいきなり、「贋作・一条さゆり」の誘いが、フェイスブックのメッセージを通じてきたのだ。

一条さゆりのことも、名前は知っていた。不幸な生い立ちから裸の舞台に立ち、何度も逮捕され、男に騙され利用され続け酒に溺れ、恋人にガソリンをかけられ火がつき全身火傷を負い、西成で暮らし、そこで死んでいった波乱万丈の生涯を送った伝説のストリッパーで、関連書籍も何冊か出ている。警察に何度も逮捕されたことから、当時、反権力、女性運動の象徴として担ぎ上げられたことも——何もかも嘘だらけの人だったことも。

典型的な、「裸の世界で男たちに利用され、堕ちて不幸な亡くなり方をした」女だった。だからこそ、そのステージと共に「伝説」となったのだろう。

若林美保は、近年、ストリップの枠を飛び出して、映画や芝居等、様々な活動をしているが、彼女が長年のライフワークとしてやっているのが「贋作・一条さゆり」だった。

興味があり、私は予約し、大阪に向かった。

飲食店なので、人が酒を呑んでガチャガチャしていて、ひとりの私は場違いさを感じてもいたし、居心地が悪かった。そんな中で、芝居が始まった。ほとんど化粧をしていないように見える若林美保が、赤い襦袢ひとつで、一条さゆりの幼少期から亡くなるまでを演じる。最後のステージ場面が終わり、うしろを向いた彼女が剥き出しになった背中を見せて、照明が消えた。

私は泣いていた。

寂しがりで、騙されやすく、酒と金にだらしがない、典型的な、お涙ちょうだいの「堕ちていく女」だなと思いながらも、泣いていた。若林美保の背中が、あまりにも崇高で美しかったからだ。

店を出る際に、彼女に「今度は、ストリップのステージを見に行きます」と告げた。

そして翌年四月に、広島第一劇場に足を踏み入れたのが、今に続くストリップ鑑賞の始まりだった。


あれから五年、いろんなことがあった。感染症で世界は変わり、できないことが増え、友人知人が心のバランスを失い、何人か死んだ。私自身も大病をして、命の危機に晒された。本当に、いろんなことがあり、私も五十を過ぎてしまった。

浅草で、久しぶりに「贋作・一条さゆり」の一人芝居をやると聞いて、私は早々に予約した。この五年、変わったもの、変わらないものを、確かめたかった。

会場である「浅草リトルシアター」は、三十人も入ればいっぱいのその名の通りの小さな劇場だったが、セットのない一人芝居には、ちょうどいい。並んでいる際に、知り合いで歌手、女優、文筆家の北村早樹子さんを見かけて、声をかけ隣に座った。北村さんは若林さんと一緒にステージをしたり、ストリップは見ているが、この一人芝居は初めてとのことだった。

時間になり、舞台が暗くなり、声が聞こえる。

五年前と同じく、薄化粧で赤い襦袢だけを身に着け裸足の若林美保がいる。

一条さゆりに関する本は幾つも読んだし、彼女がどんな人生を送ったかは知っている。愚かで、男を見る目のない、ダメな女だ。そしてそんな「堕ちた女」の人生が、同情まじりに消費されることも、よくある話だ。みんな、不幸な女が、大好きだから。不幸はエンターテインメントになる。それがまた裸やセックスの世界で生きる女であれば、内心「それ見たことか」と侮蔑しながらも、エンターテインメントとして消費を許される。同情することで、自分は善人だと思うことができ、「この女の不幸に比べたら、私は幸福だ。愚かで可哀想で気の毒な女だ」と優越感を得られる。

人は安心したいのだ。不幸な女をエンターテインメントにして。ほら、裸なんかになるからだ、セックスを売るからだと「堕ちた女」に同情したつもりになって侮蔑をして、安心する。

けれど、女だって、ときには自分たちに向けられる同情を利用する。

昔読んだ、水商売の世界を描いた漫画で、強く印象に残っている台詞がある。

「同情という餌で男は釣れる」

だから一条さゆりのように、嘘を吐き、同情を買う女だって、たくさんいる。

そしてその同情は、欲情に近いところにあるから、男たちはいいカモになってくれる。裸やセックスや夜の世界ではなくても、そんな嘘と同情と欲情のセットなんて、溢れているではないか。

私だとて、「不幸な身の上ばなし」で男を釣ったことはあるし、小説家としてデビューしてから過去を晒し、一度しか会ったことのない女性作家に「不幸自慢をしている」と非難をされたこともあるが、反論できないし、不幸自慢の何が悪いと思ってもいる。

けれど私自身は「堕ちた女」に、同情なんて、しない。だって共感してしまうから。愚かで、男を見る目のない、身を滅ぼすダメな女……私こそ、そうだもの。今は表面上は取り繕って暮らしてはいるが、根っこは変わらない。

そして、若林美保自身も、同じじゃないのかと、彼女の過去のインタビューなどを読み、勝手に思っていた。東北大学工学部出身の才媛だが、裸の世界に生きるようになり、NGなしの過激なAVにも出演、多くの男とセックスし、黄金町で働いて金を稼いでいたことも隠さない。稼いだ大金を失ってしまったことも。けれど、彼女は全く「不幸な女」には見えない。

同情なんて彼女は欲していない。堕ちた女かもしれないけれど、こうして生きているのだと、私は私の人生を肯定するのだと若林美保が晒す鍛えられた裸の背中が語っている。

きっと彼女は、一条さゆりを自分に重ねながらも、「不幸な女」で終わらせたくないのだ。

女である自分を、こうして身体すべてで肯定している。

不幸なんかに、なってやるものか。

何があっても、誰に何を言われても。

私の幸せを決めるのは、私しかいないのだ、と。

若林美保の芝居は、私にはそんなメッセージを帯びているように見えた。


芝居とアフタートークが終わり、外に出ようとしたら、若林美保が物販をしていた。

「私が最初に若林さんを見たのが、このお芝居でした。五年ぶりです」と言うと、「すごく覚えてる。五年、私も年を取った」と、彼女は笑顔で口にした。

確かに、私も彼女も年を取った。

けれど少なくとも、彼女は年齢がプラスになって、表現力に幅と深みを与えている。きっと彼女は、これから、五十歳、六十歳と、年を経るごとに、もっともっといい役者になって舞台に立っているんだろうなと思ったけど、それを彼女に直接伝えるのは、気恥ずかしかった。


北村早樹子さんと外に出ると、浅草の街はまだ賑わっていたが、早々に電車に乗り、後にする。

あれから五年、あと五年、十年。

病を患った私はいつまで生きていられるかわからないけれど、もしも再び彼女の「贋作・一条さゆり」が見られるのなら、駆け付けたい。

めんどくさい「女」という性を捨てきれず、あがきながら、私は年を取る。

欲深いババアになっていき、何もかも失って、身近な人たちに見放され、他人から「不幸な女」と呼ばれるかもしれない。

そうしていつか醜く朽ちる。

それも悪くないと思えた、浅草の夜。


旅は続く、女の旅が。

あとがき

本当はずっと死にたかったのかもしれない。
ＩＣＵのベッドの上で、管だらけになって、考えていた。

つい最近、中退した大学の五階建ての校舎が老朽化により取り壊されたニュースを見て、学校にも人にも馴染めず劣等感に雁字搦めになっていた二十代の自分が、何度か「この五階の窓から飛び降りたら死ねるかな」なんて考えていたことを久しぶりに思い出した。五階って、わりと中途半端な高さだから、死にきれない気がして、やめた。その程度の緩い自殺願望だったが、あの頃は自死を考えていた。

そうだ私は、ずっと死にたかったのだ。大学を中退して就職してからは、初体験の男に背負わされた消費者金融の借金と、その男の言葉の暴力で、「こいつを殺して自分も死ななければ」と思って数年間を過ごしてきて、未来なんて見えないから三十歳までに死のうと決めていた。けれどなんとなく死にぞこなって、そうしているうちに小説家になってそこそこ忙しくして結婚もして、気がつけば三十歳どころか五十の坂を越えていた。

今でもときどき、嫌なことが重なると、決して口にはしないけれど、「死にたい」「死んで楽になりたい」と思うことは、たまにある。ただ「死にたい」気持ち以上に、「あとがめんどくさい」という現実が大きくて具体的な行動にいたらないのは、分別がついたということなのか、いや、単に加齢によりエネルギーがないだけだ。ただ「死にたい」と思う、つまりは死ぬという選択肢があると言い聞かせることにより、蜘蛛の糸に縋り、なんとか生きている。

ただ、この年齢になると、周りが死ぬ。次々に死ぬ。病死、自死、事故死で、毎年誰かが死ぬ。こいつ死なないだろうと思っていた人間まで、死んだ。自分より若い人も、死ぬ。

自分自身も閉経だの更年期だのに直面し、老いを感じてはいたけれど、年を取ることは、誰もが死ぬことなのだと考えていた矢先に、息ができなくなり、倒れた。

緩慢な自殺、という言葉がある。本文中にも書いた、アルコール依存症で亡くなった友人の死の報道で、彼をよく知るコメンテーターが番組でその言葉を使った。彼が死んだとき、「生きることを放棄した」と、私は怒り狂っていたけれど、自分が入院してICUのベッドの上で管だらけになったときに、私自身も緩慢な自殺をしようとしていたのだと、気づいた。希死念慮を振り払ったつもりでいたけれど、私の中に、消えることなく、小さな灯をくすぶらせて、やがてその焔はじわじわと心身を

とで、死ぬ。

生きることを放棄すれば、人はわりと簡単に死ぬ。いや、生きようとしていても、ちょっとしたことで、死ぬ。

まだもう少しは死にたくはないと、私は退院して必死で食事制限と運動であらゆる数値を医者に褒められるぐらい改善させて、普通に暮らしてはいる。ただ、やっぱりときどき、倒れたときを思い出すしんどい症状が現れることもあり、そのたびに「今度こそ死ぬか」と考えて恐怖に囚われる。だから死の準備をしようと入院中から考えていた。残す財産は、悲しいほどないけれど、それでもあれこれ手間がかかる。残された人たちの負担ができるだけ少なく済むように、友人の弁護士にも死後の相談をしなければ――と。

けれど退院して半年以上が過ぎた今現在、何もしていない。もしも「一年後に死ぬ」「五年後に死ぬ」などの、はっきりした余命を宣告されていれば、あれこれ動いているだろうが、「五年後の生存率五十%」という、「生きるか死ぬんか、どっちやねん」みたいな、ぼんやりとした余命では、どうしたらいいのかわからない。

長生きできる可能性が低く、しかも子どもがいないのもあって、社会が悪い方向に進んでいるのを感じてはいても、「どうせ私死ぬし。どうでもいいや」などと考えてしまう。そもそも私は、社会に対する怒りが薄く、意識が低い。それは昔からだ。私個人の怒りは、関わった男に「何をするかわからなくて怖い」と恐れられるほどに、嫉妬深く執着も強いのに。

近年、若い頃は恋愛に夢中だったはずの同世代の女性たちが、女同士の連携を掲げて積極的に発言し世の中を変えていこうとしている流れにも、どうも乗りきれず、文芸の出版の世界の流れからもはぐれてしまったのを肌身に感じている。

たぶん、このまま、私はセックスがどうのこうの書いて、性に執着しながら、死ぬ。

多くの人が、なかったことにしたがる、目を背けたがる、忌み嫌い、この世から排除しようとしているエゴイスティックで歪んだ性の欲望と共に、消える。


本書『女の旅』は、「実話ナックルズ　ウルトラ」と、メールマガジン「誠論酔藝」に連載した「逃亡の旅」から抜粋し、大幅に加筆修正したものだ。「実話ナックルズ　ウルトラ」は紙媒体で、メルマガは限られた読者にだけ有料配信されるものなので、かなり自由に書けた。Ｗｅｂだと、読解力がなかったり、悪意のある人に切り取られてしまったり、炎上を避けたりなどと考えながら書いてしまうので、どうも本音が書きにくい。

どうせ少人数しか読まへんやろと思いながら、すごく気楽に自由に書いたものが、こうして本になった。読み返して、いい年した今にいたるまで、しんどくなるほど性欲とセックスと男に振り回されて生きてきたのだと改めて思った。私の小説の本の感想で「花房観音の小説には下半身のことばかり考えている人間しかでてこない」というのを見たことがあるが、まさに私自身がそうなのだ。

私の生き方は、絶対に人にはすすめられない。生まれ変わるなら、こんな人生は二度と嫌だ。しんどいし、疲れる。時計の針を遅らせることができたなら、「愛され女子」みたいな人生を送りたい。たぶん無理だとは思うけれど。

今は五十を超えて、若いときのように自分の欠乏を埋めるかのように求められたら簡単に股を開き、誰かれかまわずの性衝動と好奇心もなく、まあまあ平和に暮らしてはいる。ただセックスと性欲については、ずっと考えて執着はしている。

ずっと旅を仕事にしてきた。バスガイド、添乗員、そして小説家になっても旅を繰り返してきた。三十歳の頃に、それまで働いていた映画館がつぶれ、ハローワークで仕事を探していたときに、派遣の添乗員に応募したのは、消費者金融の借金に追われ続けとにかくお金がなく、旅行どころじゃなくて、せめて仕事で旅ができないかと思ったからだ。地元に戻り、バスガイドを再開し、それからも休みの度に旅をしてきた。小説家になると、取材という名目で、旅に出た。自分へのご褒美は旅だった。

たいてい、ひとりだった。ひとりになりたかった。自分の誕生日もだいたい旅先で迎えてきた。旅をすると、気持ちが晴れた。旅をしないと生きていけないと思っていた。

けれど倒れてから、旅をしたい気持ちが、すっと薄れてきたのを感じている。地方でまた倒れて入院することになったら大変だとか、秘境のような救急車がすぐに来ない場所でしんどくなったら今度こそ死ぬかもしれないとか、いろんな理由があるけれど、私が旅をしていたのは、自分の死に場所を探すためであったのではないかとも、考える。つまりは、死に場所が見つかったから、探す必要がなくなったのかもと。

いや、死に場所を見つけたのではなく、死んだその先の世界の闇を見て、死に場所がいらなくなったのだ。

死ぬことを「旅立ち」と表現するけれど、私は一度、旅に出てしまい、此の岸と彼の岸を、ぼんやりとした余命の中、どっちつかずに彷徨っている。愛欲の煩悩を捨てきれず、悟りもできず、俗物のまま、死にぞこなって、死への羨望を捨てきれぬまま、醜く老いている。

いつ死んでも悔いはないなんて、言えない。そんな覚悟など、できてはいない。でもいつ死んでもいいように、この本を遺書としたい。本になる作業をするために読み返して、こんなぐちゃぐちゃの人生でも私は生きていたのだと、遺書に相応しい本になったはずだ。

私が死んだら、葬式もお別れ会も、追悼の言葉も一切いらないから、本を買って欲しい。

とか言いながら、瀬戸内寂聴や宇野千代のように百歳近くまでしぶとく生きて、周りはみんな死んでしまったからと過去のあれやこれやを書き綴って、人生訓を語りだし、偉い作家っぽくなっているのにも、ちょっとだけ憧れている。

二〇二三年　三月　花房観音

女の旅

２０２３年３月22日　初版第1刷発行

著者　花房観音
編集発行人　早川和樹
装幀　吉田いつし
装画　飯田華子
写真　花房観音　吉村智樹（Ｐ５）

発行・発売　株式会社大洋図書
〒１０１・００６５　東京都千代田区西神田３・３・９　大洋ビル
電話：０３・３２６３・２４２４（代表）

印刷・製本所　大日本印刷株式会社

ISBN978-4-8130-2291-6 C0095